Kottan ermittelt
Lonely Boys

Helmut Zenker

KOTTAN ERMITTELT

Lonely Boys

Roman

Cabal-Verlag
Wien und Klosterneuburg

ISBN 3–85038–002–5
Umschlaggestaltung: Sammy Konkolits
Lektorat: Karin Jahn

Satz, Druck und Bindung:
Ueberreuter Buchproduktion, Korneuburg

Für Meyer stand fest, daß kein professioneller Geheimdienst so stümperhaft dumm sein könnte wie die CIA. Daher müsse die CIA eine Tarnung für Amerikas WIRKLICHEN Geheimdienst sein.

Ed McBain

»Schon gut! Schon gut!« schrie er. »Es wird regnen! Es regnet, gleich regnet es!«

Boris Vian

Die Hauptpersonen

Adolf Kottan, 41	Lederjackenträger, Biertrinker und Bandleader mit Gesichtslähmung; untertags: Major im Wiener Sicherheitsbüro.
Alfred Schrammel, 50	der eifrigste Kriminalbeamte Wiens, Dichter und *Colt*-Fahrer; redet und schießt, bevor er denkt.
Paul Schremser, 55	einbeiniger Zyniker, Fischer und Dezernatsleiter.
Heribert Pilch, 55	nach eigener Ansicht: der beste Polizeipräsident aller Zeiten; an der Schwelle zum Gehirninfarkt.
Renate Murawatz, 27	zu schwer gewordenes Mädchen, das der Major immer noch unwiderstehlich findet.
Ilse Kottan, 49	fast geschiedene Gattin und Sängerin.
Manuela Nickel, 39	kann, was sie weiß, nicht nützen.

Rupert Kern, 45	der erfolgreichste Exekutivbeamte Österreichs.
Harry Gruss, 34	wittert Gefahr und kommt darin um.
Robert Weywoda, 50	trinkt sein Bier aus und hat sogar beim Sterben Geduld.
Hermann Roth, 30	Autodieb und Sprengstoffexperte, der nicht weiß, welches Pseudonym er in Wien spazieren trägt.
Bob Klinger, 46	ein Amerikaner in Wien.
Heinz Bauer, 54	Chef der Staatspolizei und Stiefbruder Heribert Pilchs.
Anton Birker, 32	das jüngere Double von Schrammel in Diensten der Staatspolizei.

Der Roman spielt in Wien und Umgebung.

Auf die Plätze!

»Man könnte denken . . .«, fing ich an.
»In der Tat, man sollte es tun«, bemerkte Sherlock Holmes.

Arthur Conan Doyle

Ein gütiger, blauer Morgenhimmel wölbt sich über der Stadt.[1] Die Frühtemperaturen, die der Moderator aus dem dumpf klingenden Autoradio plappert, klingen gar nicht gütig: der erste richtig kalte Tag im Oktober. Adolf Kottans *Skoda* ruckt von der mäßig gewärmten Garage bis zum Hof des Sicherheitsbüros. Das Abstellen des Motors würgt auch Tina Turner ab, die eine langsame Version von *Good Day Sunshine* kräht.

Der Major, leicht verspätet, kommt gar nicht bis in sein noch unbeheiztes Büro. Der Polizeipräsident, der ihn aus einem seiner Fenster im obersten Stock anschreit, leitet Kottan zum Präsidium um.

Heribert Pilch, bereits länger als allgemein erwartet und befürchtet Polizeipräsident, schreitet neben seinem Schreibtisch auf und ab. Wieder einmal hat er sich dazu entschlossen, ein Sonderdezernat aus dem knarrenden Parkettboden zu stampfen: ein unkomplizierter Vorgang. Er hat nur Dezernatsleiter Schremser, Leutnant Schrammel und den Nachzügler Kottan in sein geräumiges Reich bestellt.

»Ist noch gar nichts passiert«, versucht Schremser seinen Präsidenten in bewährter Weise zu besänftigen. Der Präsident will nichts hören.

»Es wird garantiert was passieren«, erklärt Pilch und unterbricht seine keuchende Wanderung. »Wir haben unumstößliche Hinweise, daß José in der Stadt ist!«

»Wer ist das schon?« grunzt Schrammel, das reichlich toupierte Männchen für alles. »Ist nur ein Name, mit dem die Presse hausieren geht.«

»Das haben Sie bei Carlos auch gesagt!«

»Immerhin ist kein Mord verübt worden«, mischt sich Kottan ein, der in seiner rissigen Lederjacke beim Fenster mit den eingetrockneten Regenspuren steht. »Und wir sind nicht zuständig, wenn arabische Minister auf irgendwelchen Abschußlisten stehen.«

»Wer sagt, er ist nicht zuständig, ist schon korrupt«, verkündet Pilch. Den Satz hat er gestern wortwörtlich im Fernsehen gehört und nicht vergessen.[2] »Wir *sind* zuständig! Wenn ich es sage, sowieso.«

»Die Stapo soll sich darum kümmern«, meint Schremser und richtet die linke Krücke auf den Präsidenten. »Ihr geliebter Bruder.«

»Ich liebe ihn nicht«, knurrt Pilch. Er sitzt jetzt wieder hinter seinem Biedermeier-Schreibtisch und schärft seine Krallen am lackierten Brieföffner.

»Dieser José ist ein internationaler Auftragsmörder, der hier bei uns ein Attentat plant. Sollen wir uns blamieren wie seinerzeit beim OPEC-Überfall?«

»Ist ja lang genug her«, sagt Schremser.

»In allen Fragen können Sie sich nicht auf die österreichische Vergeßlichkeit verlassen.«

»Ich bin kein Leibwächter«, sagt Kottan.

Die Kollegen vom Morddezernat nicken demonstrativ. Sogar Schrammel hat nicht die geringste Lust, sich Kugeln einzufangen, die für andere bestimmt sind.

»Sie sind ab sofort Leibwächter!« kreischt Pilch. »José ist einer der gefährlichsten Männer überhaupt. Seine Devise ist bekannt!«

Das ist sie wirklich: EIN MANN – EIN MORD!

Björn Malme, alias José, gebürtiger Däne, sitzt zur selben Zeit in seinem kleinen, dunklen Zimmer in einem Hotel in der Wallensteinstraße. Aus dem Wirtshaus im Erdgeschoß stinkt es nach Kraut und Fett.

José hat seinen Auftrag schon vor Monaten bekommen. In Wien ist er seit fünf Tagen, um den Anschlag vorzubereiten. Zu seiner persönlichen Sicherheit hat er sich entschlossen, dieses Mal keine Schußwaffe zu verwenden. Er wird Scheich Beka Failan in die Luft sprengen; auch wenn den

Scheich bei diesem Flug ein paar Unbeteiligte begleiten sollten.

Heute, nach 14 Uhr, wird der Scheich und Minister eine Rede beim Kongreß der Golfstaaten in der Wiener Stadthalle halten. José hat längst über zwei lokale Vertrauensleute den sichersten Weg gefunden, die Bombe beim Podium zu deponieren. Sie wird in einem Standardfunkgerät, das auch von der Staatspolizei verwendet wird, versteckt sein.

José selber will bei der Aktion keinesfalls in der Nähe sein. Trotzdem hat er sich nicht für einen Zeit- oder Fernzünder entschieden. Der Frequenzzünder, den er heute einsetzen will, ist eine persönliche Errungenschaft. Er reagiert nur auf die Frequenz einer Stimme; heute auf die Stimme Beka Failans. José hat in der Früh den Zünder mit einer aktuellen Tonbandaufnahme des Scheichs programmiert. Beka Failan wird also das Signal zu seinem Luftsprung in den Tod selber geben.

Kurz vor zwölf macht sich José auf den Weg zur Stadthalle. Er bestellt beim Portier ein Taxi vom nahen Standplatz. Die handliche Bombe ruht vorläufig in einem gelben Nylonsack zwischen Prospekten und Zeitungen.

José fordert den Fahrer des betagten *Opel* auf, geduldig und ohne Risiko zu fahren, dann steckt er sich eine französische Zigarette in den Mund. Der Fahrer gibt ihm elektrisch Feuer und schaltet das Autoradio ein.

Es ist wenige Sekunden nach zwölf, die Signation des Mittagsjournals verklingt eben. Die Sprecherin kündigt Berichte aus dem Libanon, Nicaragua und Südafrika und über die bevorstehende Preiserhöhung bei Heizöl an; außerdem Interviews mit dem Außenminister, den Ministern Kadir und Failan, aber auch mit dem tunesischen Handelsminister, der zur Zeit ziemlich erfolglos in Österreich für tunesischen Rotwein wirbt.

»Österreich trinkt eigene Gifte«, grinst der Fahrer und zwinkert José über den Rückspiegel zu.

Für den Kulturteil verspricht die Sprecherin einen kurzen Bericht über eine Aufführung pensionierter Künstler für pensionierte Künstler. Gespielt wird *Der kleine Prinz*.

José ist in der Phase unmittelbar vor der Aktion immer gelassen und zufrieden. Er weiß, daß er sich auf seine Planungen verlassen kann, daß er alle Eventualitäten bedacht hat.

Fünf Minuten nach zwölf ist Heribert Pilch keinen Schritt weitergekommen. Er schwitzt im Gesicht, am Hals und unter den Achseln, seine Stimme ist heiser. Der Dezernatsleiter verweigert weiterhin für das gesamte Dezernat die zusätzliche und unnötige Observierung des Scheichs.

»Meuterei«, resigniert der Polizeipräsident und läßt sich in seinen neuen, rot und weiß gestreiften Drehsessel fallen. Er weiß selbst, daß er eigentlich nur seinem Bruder, der in ähnlicher Stellung bei der Staatspolizei werkt, um jeden Preis zuvorkommen will.

Das gelbe Telefon klingelt. Pilch reißt den Hörer vom Apparat und preßt ihn an sein linkes, vor ein paar Jahren von Schrammel fast abgeschossenes Ohr.

»Pilch«, stöhnt er in die Sprechmuschel. »Was? Wo ist das?«

»Ein Mord?« fragt es aus Schrammel, nachdem Pilch den Hörer zurückgeworfen hat. Das linke Ohr des Präsidenten leuchtet jetzt weinrot.

»Möglicherweise.«

»Wo?«

»Am Währinger Gürtel, wenn Sie wissen, wo das ist. Es hat eine Explosion gegeben.«

»Sollen wir immer noch den Scheich umzingeln?« sagt Schremser. Er steht grinsend auf.

»Selbstverständlich nicht!« Pilch verschränkt die Arme: Wutstärke neun auf seiner persönlichen Erregungsskala.

Auf dem Währinger Gürtel regiert das sprichwörtliche Chaos. Die Fahrbahnen, auch die Zufahrtsstraßen und Gehsteige sind verstopft. Die Kriminalbeamten des Morddezernats haben Schwierigkeiten, überhaupt zum möglichen Tatort zu gelangen. Immer wieder stellen sich bellende Uniformierte in den Weg.

Nach ersten übereinstimmenden Zeugenaussagen ist punkt zwölf Uhr 15 ein Taxi explodiert.

»Zwei Tote«, meldet ein stammelnder Polizist, der sich die Kappe vom Kopf salutiert. »Der Taxilenker und sein unbekannter Fahrgast. Der Chauffeur hat schon identifiziert werden kennen, aufgrund des Autokennzeichens.«

Auch andere Fahrzeuge sind schwer verletzt. Blechteile, Glassplitter und zerfetzte Reifen liegen auf der Straße. Mindestens sieben Funkstreifen mit flackerndem Blaulicht stehen herum. Die Besatzungen drängen die Neugierigen zurück.

Die beiden Opfer sind verstümmelt. Kottan wirft trotzdem einen Blick unter das zerknitterte Packpapier, mit dem die Toten zugedeckt worden sind. Er macht zuerst ein angewidertes, dann ein erstauntes Gesicht.

»Was ist denn?« sagt Schrammel.

»Eines der Opfer ist ein Mörder.«

»Warum?«

»Wenn ich mich nicht irre, handelt es sich um einen Herrn, der uns unter dem Namen José nicht ganz unbekannt ist.«

Schremser nickt bestätigend. Schrammel hat keine Ahnung, wieso die anderen eine der halb verbrannten Leichen für José halten.

Im Sicherheitsbüro weiß Kottan bald, daß er sich nicht geirrt hat. Der tote Taxigast ist der Auftragstäter Hermann José Malme. In seinen Anfängertagen ist er ein einziges Mal der dänischen Polizei ins Netz gegangen. Die Fingerkuppen der Leiche waren trotz der Explosion soweit intakt, daß ein Vergleich ohne Zweifel möglich war. Anscheinend war José auf dem Weg zur Stadthalle. Die Bombe für einen der arabischen Kongreßteilnehmer hatte er offenbar dabei.

»Wieso haben Sie auf dem *Gürtel* schon gewußt, daß es José ist?« will Schrammel wissen.

»Manchmal lese ich unsere internen Berichte.«

»Und?«

»Ich hab mich dran erinnert, daß José zwei Glieder des linken Ringfingers fehlen.«

Schrammel rotzt verlegen und verärgert hoch. Den verkürzten Finger hat er bei der Leiche auch gesehen. Manchmal fehlt den Eifrigen einfach das Gedächtnis. Der Sprengstoffexperte des Erkennungsdienstes kann bereits brauchbare Angaben über die Beschaffenheit der Bombe machen. Er erwähnt auch den *nicht uninteressanten* Zündmechanismus.

»Ein Unfall«, gibt sich Schrammel sicher. »Auch der Beste paßt irgendwann nicht auf.«

»Schon«, sagt Kottan. »Aber das Opfer ist unfreiwillig der Mörder.«

»Blödsinn«, sagt der Präsident mit zurückhaltender Stimme. »Was soll das heißen?«

»Ich weiß, daß Typen wie José keine kleinen Fehler machen«, erklärt Kottan. »So einer macht gar keine oder ganz große.«

»Wie heißt denn Ihr unfreiwilliger Mörder?«

»Beka Failan.«

»Und woher kennen Sie den Mann?«

»Ich kenn ihn gar nicht«, gibt Kottan zu, »aber er hat um

zwölf Uhr 15 im ORF ein Interview gegeben und damit seinen *Mörder*, der erst auf dem Weg zu ihm war, gesprengt!

Die Statistik des Morddezernats bleibt noch einmal unbefleckt. Hipp-hipp-hurra! Statistisch gesehen ist der Polizeipräsident mit dem Ausgang der Angelegenheit durchaus zufrieden, aber einen Mörder, der einen Mörder ermordet und dafür nicht verantwortlich ist, muß er erst mit zweieinhalb *Aspirin* verdauen. Schrammel fällt die Ehre zu, die Pulver in einer Schale mit lauem Mineralwasser auflösen zu dürfen. Kottan und Schremser trinken gemeinsam zwei Gläser des vom Präsidenten gestifteten Billig-Gins. Das dritte Glas trinkt der Dezernatsleiter, Veteran zweier heftiger Ehen, gemächlich allein. Noch schwankt er, ob er sein derzeitiges Verhältnis anrufen oder die Nacht gut verpackt beim Fischen an der Alten Donau verbringen soll.[3]

Fertig!

»In diesem Gefängnis gibt es zahlreiche
Schuldige und Unschuldige.«
Alain-René Lesage

Das Wiener Sicherheitsbüro ist immer noch ein unscheinbares, graues Gebäude in der Wiener Berggasse. Niemand würde hier am Ufer des trüben Donaukanals, der von Amts wegen nicht mehr Donaukanal heißen darf, eine Handvoll wackerer und unbeugsamer Kriminalbeamter vermuten. Ihre Namen leuchten möglicherweise bis ins ferne Vorarlberg: Adolf Kottan, 41 und immer noch jüngster Major der Wiener Polizei; Paul Schremser, 55, der sein rechtes Bein schon vor 30 Jahren auf dem Zentralfriedhof begraben hat; Alfred Schrammel, 50, der schon lange vor *Sledgehammer* mit seiner Dienstwaffe geredet hat; Heribert Pilch, 55, Polizeipräsident, zur ständigen, inkompetenten Einmischung bereit. Wir schreiben die frühen neunziger Jahre, und auch der ahnungsloseste Leser ahnt es schon: Das Wiener Morddezernat ist noch immer nicht zum Rückzug angetreten.

Es steht geschrieben im ewigen Buch der Weisen: Schließlich ist jemand, der Taxi fährt, einsam.[4] Aber auch die anerkannt Weisen können gelegentlich irren. Der Kriminalbeamte, der eben im Mercedes 200 nach Hause geschafft wird, muß nur vorübergehend auf seinen Führerschein und heute sogar auf sein Auto verzichten.[5]

Alfred Schrammel hat seine geliebten privaten Nachtstreifen wie immer im eigenen *Colt* absolviert, wie immer in der Hoffnung auf eine persönliche kriminalistische Sternstunde. Gegen 22 Uhr ist er in eine Polizeisperre beim Westbahnhof geraten, die eigentlich der Nachtlokal-Mafia galt. Getrunken hatte Schrammel nichts, und ein Führerschein, den man nicht mehr hat, kann einem auch nicht abgenommen werden. Der leitende Offizier der Razzia hat Schrammel aber die Weiterfahrt untersagt und die Autoschlüssel eingezogen. Herausgekommen ist bei der Nachtrazzia nicht einmal wenig: ein einziges 1000-Schilling-Strafmandat wegen Prostitution ohne *Deckel*.[6]

Daheim setzt sich Schrammel an die elektrische Reiseschreibmaschine, die er sich vor fast einem Jahrzehnt bei der *Quelle* bestellt hat. Unabhängig von privaten und dienstlichen Katastrophen und Stimmungen schreibt er zur Zeit täglich drei Seiten für eine Reihe, die im Herbst in einer fragwürdigen Taschenbuchedition starten soll: eine Mischung aus Ärzteromanen und Straßenschicksalen, die nicht zu weit gehen dürfen. Auf jeden Fall müssen die Frauen der Sünde am Ende geläutert sein, den Job an den Nagel hängen und an der Seite eines älteren Mannes freudig in bislang unbekannten Pflichten versinken. Schrammels Arbeitstitel *Tal der Püppchen* ist wenigstens vorläufig angenommen worden. Sein Pseudonym hat er sich allerdings nicht aussuchen können: Rebecca West. Die persönlichen Niederlagen des heutigen Abends wird er beim Schreiben bestimmt nicht verarbeiten.

Kottan schaltet die Innenbeleuchtung des *Skodas* ein. Der Blick in den Rückspiegel zeigt ihm, was zu erwarten war. Der Innenwinkel des linken Auges ist gelb verklebt: eine mehrmals am Tag auftretende Folge seines halb toten Gesichtsnervs. Im Sicherheitsbüro hat Kottan seine derzeitige Adresse noch nicht bekanntgegeben, weil er eine Rückkehr in die eheliche Wohnung noch nicht ganz ausschließen will, obwohl ihm die Vorladung zur Scheidungsverhandlung längst zugestellt wurde. Jedenfalls wohnt Kottan jetzt schon das vierte Monat im Hotel *Adlon.* Immerhin hat er für die Nutzung des schmalen Zimmers einen akzeptablen Monatstarif vereinbaren können, und das Spielen auf der Gitarre ist ihm nicht verboten worden. Es wird nur manchmal von getürktem Lustkreischen, das quer über den Hof hallt, beeinträchtigt. Bevor Kottan in sein Zimmer steigt, trinkt er an der Erdgeschoßbar zwei Krügel Bier. Einer anrückenden Prostituierten, die zur Hoteleinrichtung gehört, zahlt er ein

Bier und schickt sie zurück zu ihrem Tischchen, wo ein alter, räudiger Pudel wartet.

Im Zimmer, kurz vor Mitternacht, stört ein Gemisch aus Wimmern und Schreien das Üben des Intros von *Lonely Weekends*. Besonders geht Kottan die Tatsache aufs Gemüt, daß er für die Geräusche Renate Murawatz verantwortlich macht, die im Prostituiertentrakt des Hotels arbeitet *und* wohnt. Sollte sie heute bei ihm anrufen, wird er sich nicht aus seinem Bett locken lassen. Kottan schläft auf dem Rükken liegend ein, die Gitarre bleibt auf seinem Bauch.

Ich weiß nicht, wieso ich weiß, daß in den Praterauen ein Rennen der Formel-1-Weltmeisterschaft stattfindet. Ich weiß aber, daß die Holzgebäude, die plötzlich am Horizont auftauchen, zur Rennstrecke gehören. Bei der Einfahrt zum frisch geteerten Parkplatz überholt mich ein offener Fiat 600 und stellt sich vor mir quer. Bevor ich mich richtig aufregen kann, gibt sich der Lenker als lang nicht mehr gesehener Schulfreund zu erkennen. Wir übersiedeln, weil das Rennen erst in ein paar Minuten anfangen wird, in eines der düsteren Lokale an der Rennstrecke.

Der Schulfreund, in meiner Erinnerung ein langweiliger Streber, wird von einer Frau im Kaninchenmantel angesprochen. Gleich hat er mich vergessen. Mich spricht eine junge Frau mit Katzenaugen an: »Ich weiß, wo es viel bessere Getränke gibt.«

»Wo?«

»Bei mir.«

Ich zögere nicht, schwanke ihr nach. Der Gedanke, daß ich die Autoschlüssel auf dem Lokaltisch vergessen habe, läßt mich kalt. Ihre Wohnung liegt in einem der dunklen Holzhäuser im Oval der Rennstrecke. Wir bleiben nur für Sekunden in ihrem Wohnzimmer.

»Im Schlafzimmer hab ich noch bessere Getränke«, sagt sie, und ich folge ihr über eine schmale Hühnerleiter in den

ersten Stock. Auf den Regalen an der Wand steht wirklich eine ordentliche Auswahl an alkoholischen Getränken. Auf dem breiten Bett steigt die Frau aus ihrem Kleid, aus dem Badezimmer tanzt ein muskulöser Mann in kurzen Hosen.

»Wer ist das?« frage ich.

»Mein Mann«, sagt die junge Frau achtlos.

»Was will er?«

»Nur raufen.«

Ich muß mich nicht verteidigen. Der Mann treibt mich vor sich her – zurück ins Wohnzimmer. Er bietet mir eine Friedenszigarre an. Ich mache tiefe Züge. Mit jedem Zug wird die Zigarre einer gut gefüllten Pizza Calzone ähnlicher. Ich muß sie essen. Als ich in den Teig schneide, brummen Wespen aus dem Gebilde, sammeln sich in einer Ecke des Zimmers und fliegen in Formation auf mich zu. Während ich dem Angriff auszuweichen versuche, verkündet ein Lautsprecher die Ergebnisse des schon beendeten Autorennens. Gewonnen hat ein Fahrer, den es bestimmt nicht gibt: Montgomery. Mein Schulfreund ist zweiter geworden, Gerhard Berger ist ausgeschieden.

Das wiehernde Telefon holt Kottan aus seinem aussichtslosen Traum. Die Stimme von Renate Murawatz flötet im Hörer. Es ist kurz vor eins.

»Ich komme«, sagt Kottan, wischt sich den Schweiß in den Polster und nimmt automatisch 500 Schilling aus seinem Sakko, bevor er sein Zimmer verläßt.[7]

Im Café *Ascot* sitzen zwei Männer direkt vor der Monitorwand, auf der von fünf verschiedenen Orten aus England Pferde- und Hunderennen übertragen werden: Robert Weywoda, 50, erfolgloser, sechsmal verurteilter Hehler der lokalen Unterwelt, und Harry Gruss, 34, zweiter Mann eines kleinen Imperiums von Spielclubs, Peep-Shows und Hostessen-Bars. Der kräftige Hund, auf den Robert Weywoda gewettet hat, fliegt in der zweiten Kurve aus der Bahn. Weywoda zerfetzt seinen im letzten Augenblick akzeptierten Wettschein und trinkt den vierten Wodka aus. Sein Begleiter, der nicht wettet und trinkt, legt ihm seine manikürte Hand auf die gepolsterte linke Schulter.

»Dafür bist du zum Abendessen eingeladen.«

Weywoda lehnt ab: »Mein halber Magen wird am Abend nicht mehr gefüttert. Außerdem bin ich um zwölf verabredet.«

»Welches Gespenst trifft sich mit dir zur Geisterstunde?«

»Die Manuela.«

Gruss nimmt seine Hand noch immer nicht von der Schulter. »Dir ist nicht zu helfen. Vor drei Jahren glücklich geschieden, jetzt rennst du ihr wieder nach?«

»Ich renn ihr nicht nach. Sie kommt nur manchmal vorbei und bleibt manchmal über Nacht. Ich sag ihr immer, ich überleg mir das mit uns.«

»Warum?«

»Damit sie die Geduld nicht verliert.«

Weywoda rutscht vom Hocker, zieht die Hose hoch und zupft am Kragen seines Strickhemds.

»Wohin?« sagt Gruss leise.

»Aufs Klo? Willst mitkommen?«

Weywoda schwankt davon. Vom Nebentisch neigt sich ein dünner Mann, der seine Kappe nicht abgenommen hat, aufgeregt Harry Gruss zu.

»Du läßt ihn weg?«

»Der kommt wieder.«

»Vielleicht weiß er, was ihn erwartet. Er hat es damals auch gewußt, daß seine Hand in den Ölofen kommt.«

»Und? Ist er weggelaufen?«

Gruss bleibt gelassen und reinigt mit einem Zahnstocher seinen weißen Zigarettenspitz. Nach fünf Minuten kommt Weywoda mit drei Gläsern wieder. Zumindest weiß er, daß

Hannes Kovarik vom Nebentisch zur Partie gehört. Beim ersten Tisch stolpert Weywoda über einen Schirm, kann zwar den Inhalt der Gläser retten, stützt sich aber im Nacken eines düsteren Herrn mit Glatzkopf ab. Die Glatze steht auf und macht Fäuste.

»Paß auf, du Ruine.«

Gruss ist schon zur Stelle, befördert den Raufustigen in seinen Sessel und schenkt ihm seinen Wodka.

»Hast du daheim niemand zum Verprügeln?«

»Danke«, sagt Weywoda. Seine Brieftasche steckt zwischen Hose und Bauch. Auf der Toilette hat er sich Wasser ins Gesicht gespritzt und das zerknitterte Foto von Manuela angeschaut. Sie ist elf Jahre jünger als er und hat den Namen einer fast vergessenen deutschen Schlagersängerin zu verdanken. Zwei Wetten sind geldmäßig noch drinnen. Nachdem er schon sechsmal mit Favoriten verloren hat, muß er bei den Pferden auf Außenseiter setzen.

Schremser sitzt auf einer Plane und einem Polster unterhalb der Wagramer Straße: sein Lieblingsplatz an der Alten Donau. Der Platz ist halbwegs windgeschützt, gegen die Kälte ist Schremser mit zwei wattierten Mänteln gerüstet. Die Köder-Würmer hat er in der Nähe selbst besorgt: kein Problem nach dem Regen von heute Nachmittag. Angebissen hat bis jetzt allerdings nur ein kleiner Sonnenbarsch, der mit verletzten Lippen weiterschwimmen darf. Der Dezernatsleiter, der schon seit Wochen nicht zum Fischen gekommen ist, hat Kopfhörer als Ohrenschützer um. Im Radio wollte kurz nach Mitternacht einer lustig sein: *In welchem Fall ist zwei mal zwei fünf? In keinem Fall.* Schremser lauscht einer seiner Kassetten mit Wal-Geräuschen, dann einer Kassette, die ihm Kottan geliehen hat: eine Sammlung zynischer und kitschiger Lieder von Shel Silverstein.[10]

Harry Gruss ist im *Senator* hinten eingestiegen. Kovarik drückt Weywoda, der mit dem letzten Coup 12 000 Schilling gewonnen hat, auf den Beifahrersitz.

»Du sitzt doch gern vorne«, sagt Gruss, während Kovarik die Abblendlichter einschaltet und wegfährt.

»Ja«, sagt Weywoda und reißt sich die mitgenommene Bierdose auf.

Kovarik lenkt den Wagen Richtung Praterstern. Weywoda hat das eindringliche Angebot seiner Begleiter, ihn zu seinem Rendezvous in der *Stefanie*-Bar zu bringen, nicht abschlagen können. Gruss nimmt jetzt doch zwei Schlucke aus der nach hinten gereichten Dose.

»Ich höre«, sagt er und gibt die Dose zurück, »du triffst dich neuerdings mit einem kleinen Richter und der Polizei. Richtig?«

»Ich kann es mir nicht aussuchen.«

»Was haben sie anzubieten?«

»Strafaufschub in einer alten Angelegenheit. Sonst gar nichts. Du verstehst das.«

»Wer will schon gern in den Kasten? Was für Märchen lieferst du ab?«

»Ihr kommt nicht vor.«

»Schön.«

Kovarik grinst Weywoda stellvertretend an. Das hingestreckte Bier lehnt er ab. Weywoda registriert, daß Kovarik den *Opel* die Lassallestraße stadtauswärts lenkt.

»Ich hab meinen Schein vor 16 Jahren abgegeben, aber in die *Stefanie* geht's da nicht.«

»Ich muß mich verfahren haben«, bedauert Kovarik.

»Ein Problem unserer Zeit«, erklärt Gruss. »Ordentliches Personal ist einfach nicht zu kriegen.«

Weywoda dreht sich schwerfällig nach hinten um. »Aus dem Treffen mit der Manuela wird anscheinend nichts.«

»Ich kann ihr was ausrichten.«

»Nicht nötig.«

Weywoda trinkt die Dose leer, zerdrückt sie, lehnt sich gegen die lederne Kopfstütze und schließt die Augen.

»Du brauchst gar nichts probieren«, sagt Kovarik und läßt die Zentralverriegelung auf LOCK schnalzen. Weywoda will gar nichts probieren.

»Es ist nicht persönlich gemeint.« Gruss zieht seinen *Gold-Colt.*

»Das ist es nie«, sagt Weywoda. »Bist du gelähmt?«

Gruss schießt zweimal in die Kopfstütze. Kovarik verreißt den Wagen, weil ihn die erwarteten Schüsse erschrecken. Weywoda fällt in den Gurt, sein Kopf kippt nach rechts. Über die Seitenscheibe rinnt Blut.

»Bleib auf der Straße«, zischt Gruss. Die Hand mit der Waffe ist auf den rechten Oberschenkel gesunken.

»Ist er tot?«

»Frag ihn.«

Kovarik schaut amüsiert nach hinten, zieht an seinen großen Ohren. »Ich bin fast taub.«

»War ein Sonderangebot.«

»Den Selbstmord glaubt uns kein Schwein.«

Kovarik verrenkt den Kopf und setzt sich den rechten Zeigefinger an sein Genick.

»In Deutschland jeder. Ist dort eine akzeptierte Methode.« Kovarik ist zu jung und zu dumm, um die Anspielung zu verstehen.

»Kann ich den Qualm aus dem Fenster lassen?«

»Schalt die Lüftung ein.«

»Wie fahren wir?«

»Weiter.«

Schremser gewährt sich die dritte Wiederholung seines Silverstein-Lieblingslieds: *I Was Stoned And I Missed It.*

Während des gefiedelten Instrumentalteils vor der letzten

Strophe nimmt er die Kopfhörer ab. Auf der Brücke hat ein Auto gehalten, zwei Türen werden geöffnet. Dann spritzt ein paar Meter entfernt Wasser hoch. Ein ausgewachsener Fisch, der an der Angel hängt, kann es nicht sein, weil die Nylonschnur unbewegt bleibt. Das spärliche Licht von der Brücke läßt Schremser an einen im Wasser treibenden Mantel glauben. Er holt die Schnur ein, wirft noch einmal aus, trifft. Schon der erste Widerstand verrät, daß den Mantel noch jemand anhat. Nach zwei Minuten steht Schremser über einer männlichen Leiche.

»Ist da frei?« fragt ein stinkender Betrunkener, der auf seinem Hemd Saft- und Weinflecken hat.

»Besetzt«, sagt Manuela Nickel, bläst ihm Rauch in die ungläubigen Augen und verscheucht ihn.

»Keiner heiß auf deinen faltigen Hintern«, behauptet der Kunde und versucht es einen Tisch weiter.

Im Neonlicht der *Stefanie* ist Manuela Nickel von den Animierfrauen die älteste. Den kurzen Rock, die glitzernden Strümpfe und die blondierten Haare findet sie selber lächerlich, sie sind aber wegen der Konkurrenz unumgänglich. Den jüngeren Frauen hat sie voraus, daß sie Stimmungen der Kundschaft schnell begreift und ihre sprachlichen Verstellungen unübertroffen sind. Normalerweise lehnt sie auch bepinkelte und angekotzte Gäste nicht ab, weil man denen im Séparée mehr als üblich verrechnen und abluchsen kann.

»Schon in Pension?« fragt Harry Gruss, der plötzlich neben ihr steht. Der Schatten des Ventilators geistert in seinem Gesicht.

»Der nächste Bock«, sagt Manuela Nickel, ohne Gruss anzusehen.

»Der Robert ist verhindert.«

Manuela Nickel blickt jetzt doch auf. »Hat er dich geschickt?«

»Kann man nicht sagen.« Gruss setzt sich zur gegenüber liegenden Tischkante. »Vielleicht läßt er sich überhaupt nicht mehr anschauen.«

»Ich kenn ihn besser. Willst du der Ersatz sein?«

Gruss ignoriert die Frage und wischt Zigarettenasche von ihrem Kinn. »Wo steckst du, wenn du nicht mit dem Robert unterwegs bist?«

»Wer läßt fragen?« Manuela Nickel funkelt den Mann, der sie vor Jahren für 800 Schilling in einem besseren Hotel dreimal mit Gebrüll gevögelt hat, mit schmalen Augen an. »Bei einem Klarinettisten.«

»Warum entscheidest du dich nicht ganz für den?«

»Vielleicht, weil ich unsterblich in den Robert verliebt bin?«

»Sterben ist leicht.«

»Was ist mit einem Essen zu zweit? Wie in alten Zeiten?«

»Einverstanden. Du und dein Trompeter.«

Gruss zückt einen blauen Geldschein und schiebt ihn über das Tischtuch.

»Klarinettist. Um die Zeit spielt er noch.«

»Hol ihn ab.«

Los!

Was ist das für eine wütende Leidenschaftlichkeit
und was für eine alberne Diskussion?
Sinclair Lewis

Um acht Uhr früh weiß man im Sicherheitsbüro den Namen der Leiche, daß Robert Weywoda aus nächster Nähe erschossen worden ist und zwei Tage nicht in seiner kleinen Wohnung war. Der Präsident, der sonst jedes Mordopfer bejammert, scheint diese Leiche fast teilnahmslos hinzunehmen. Daß die Leiche direkt neben Schremser ins Wasser geplumpst ist, regt ihn auf.

»Wollen Sie dem Drballa Konkurrenz machen?[13] Ist das Ihre Methode, der Schnellste am Tatort zu sein?«

»Dort ist er bestimmt nicht umgebracht worden.«

»Was ist schon passiert?« beschwichtigt sich Pilch selber. »Eine kleine, kriminelle Nummer ist aus dem Verkehr gezogen worden.«

»Anhaltspunkte: null«, warnt Schremser.

»Normalzustand«, sagt Pilch. »Genügt, wenn sich der Schrammel um den Weywoda kümmert.«

Kottans schiefes Gesicht, dem auch die kurze Nacht mit Renate Murawatz nicht geholfen hat, schweigt beharrlich. Die ersten zwei *Neurobion*-Tabletten, die den blockierten Nerv stimulieren sollen, hat er schon ohne Wasser verschluckt.

»Wieso nur einer?« will Schremser wissen. »Wieso der Schrammel?«

»Irgendeiner aus der *Galerie*[14] wird schon tratschen«, verkündet Pilch und verläßt das Dezernat. Ein Fall wie dieser ist für ihn nur eine Frage der Zeit.

»Was heißt das?« fragt sich Schrammel laut.[15]

»Wer sich deutlich ausdrückt«, sagt Kottan, »muß noch gar nichts zu sagen haben.«

»Was soll ich machen?«

»Du schaust dir noch einmal seine Wohnung an.«

»Sinnlos, wenn der Erkennungsdienst schon dort war.«

»Dann gibst du dir die Monologe seiner Nachbarn.«

»Und nachher?«

»Wirst du seine Lieblingslokale und Lieblingsumschlagplätze begutachten.«

»Und dann?«

»In etwa drei Wochen solltest du hier wieder vorbeischauen.«

Schrammel flüchtet mit rotem Kopf auf den Gang. Draußen hört man ihn noch eine Weile schreien. Schremser öffnet seinen Eisschrank unter dem Schreibtisch, in dem er ausschließlich Dosenbier verschiedenster Marken kühlt. Im Eis verbleiben, nachdem er zwei Dosen *Ottakringer* entnommen hat, immerhin noch 82 Dosen.

Schremser und Kottan arbeiten sich durch das Mäppchen, das ihnen Heribert Pilch ans Herz gelegt hat. Schon nach wenigen Zeilen sind zwei Dinge klar: Ein Mord soll nicht aufgeklärt, sondern verhindert werden. Wieder einmal will der Präsident seinem Stapo-Bruder beweisen, daß er im Sicherheitsbüro die bessere Truppe kommandiert.

Die Razzia der letzten Nacht wird in den Zeitungen nicht verrissen, aber ein anderer Zwischenfall. Gegen zwei Uhr früh ist zwei jungen Streifenbeamten ein Auto aufgefallen, das unbeleuchtet auf der Thaliastraße unterwegs war. Der Lenker des Wagens, ein 40jähriger Installateur, dem schon zweimal der Führerschein abgenommen wurde, hat sich nicht um die Haltesignale der Beamten gekümmert und Gas gegeben. Die Beamten haben im *Weißen*[16] die Verfolgung aufgenommen und den Mann durch zwei Bezirke gehetzt. Im achten Bezirk hat das Auto des Installateurs auf einer Ampelkreuzung ein Taxi gerammt, das vorschriftsmäßig unterwegs war. Eine Studentin, die um diese Zeit ihren an sich kurzen Heimweg nicht zu Fuß absolvieren wollte, ist noch im Taxi gestorben. Die Zeitungen präsentieren eine Liste von ähnlichen Fällen, die in den letzten Wochen alle katastrophal für Unbeteiligte ausgegangen sind, und fragen sich in umrandeten Kommentaren, ob es dafürsteht, mögliche Alkolenker in derartig riskanter Weise zu verfolgen. Daß der Funkstreifenwagen beim Bremsen eine Straßenbahninsel gerammt hat und die kaum verletzten Beamten aus dem Blech geschnitten werden mußten, wird außerdem mit Schadenfreude kommentiert.

Der erfolgreichste Polizist Österreichs heißt Rupert *Lassiter* Kern, leitet die Flughafenpolizei in Wien-Schwechat, ist einen Meter 90 groß und wie Kottan Major. Den Zusatz *Lassiter* hat ihm seine unversteckte Vorliebe für Western-Hefte und der *Stetson* eingetragen, der ständig seinen blanken Kopf bedeckt. Mit seiner Vorliebe für Kirsch-Rum hat er sich den zusätzlichen Spitznamen *Spitzy* eingehandelt.[17] Erfolgreichster Polizist zu werden, war nicht einmal eine große Kunst. Kern und seine Leute haben nichts anderes zu tun, als Rauschgift-Boten aus einschlägigen Flugzeugen zu fischen.

Als Kottan die Tür zu Kerns Büro im Flughafen aufstößt, fällt sein erster Blick auf einen schlanken Neger, der in einer bunten Badehose drei Meter vom Schreibtisch entfernt steht.

»Entschuldigung«, sagt Kottan.

»Wofür?« fragt Kern unschuldig und schraubt automatisch die Rumflasche auf.

»Ich hab nicht gewußt, daß du Besuch hast«, grinst Kottan. »Warum sperrst du nicht ab?«

»Ich will ihn ja nicht vernaschen.«

Der Rum plätschert schon in einen der aufgereihten Aluminiumbecher.

»Und trinken tut der Bimbo auch nichts. Nur *Bekunis*-Tee, damit er seine Koks- oder Heroin-Portionen, die er geschluckt hat, wieder los wird.«

»Nix geschluckt!« schreit der Neger. Er steht neben

einem Müll-Eimer und rührt sich nicht vom Fleck. »Du Fool!«

»Gusch!«

»What?«

»Shut up!« Major Kern beobachtet Kottan geduldig beim Trinken und füllt noch einmal nach. »Was macht die Stadtpolizei auf dem Land?«

»Du mußt uns helfen.«

»Bewilligt. Vertraulich?«

Kottan nickt. Kern wirft die leere Rum-Flasche in Richtung Mülleimer. Der Neger steigt im letzten Augenblick auf den Fußhebel, damit die Flasche zu den anderen im Eimer poltern kann.

»Bravo«, sagt Kern anerkennend, schiebt Kottan aus dem Büro und sperrt von außen ab.

(Die Wahrheit oder: Gespräch unter Brüdern.)

Heinz Bauer ertappt auf dem Rummelplatz vor dem Rathaus, mit dem irgendein Jubiläum der Stadtverwaltung gefeiert wird, seinen Stiefbruder Heribert Pilch, der seine Hand in den Mund eines steinernen Vollmondgesichts steckt. Die Tafel über dem Gesicht verspricht: *DER MUND DER WAHRHEIT sagt auch Ihnen die Wahrheit. Einwurf: 10 Schilling.*

»Läßt du dir von einem Automaten aus der Hand lesen?«

»Staatspolizeilich verboten oder bedenklich?«

»Daß du keine Zukunft hast, kannst du von mir umsonst erfahren.«

»Kein Interesse.«

Der *MUND DER WAHRHEIT* spuckt ächzend einen blassen Computer-Zettel aus. Heribert Pilch überfliegt den Ausdruck, zerknüllt ihn und wirft ihn wütend von sich. Nicht weit genug.

Während sich der Polizeipräsident zurückzieht, entfaltet Bauer schon das Blatt: Ihre Zuversicht ist nicht berechtigt. Warum verlassen Sie sich auf die Inspiration, die Sie nicht haben? Ihr beruflicher Tiefpunkt ist in Sicht, aber noch nicht erreicht.

Eine frohere Botschaft wäre Bauer auch nicht eingefallen.

Major Kern verschleppt Major Kottan und seinen Lieblingsschäfer *Happy* auf die seit Jahrzehnten gesperrte Besucherterrasse. Kottan beäugt skeptisch den Hund, der ohne Leine mit Kern im Gleichschritt marschiert.

»Beißt der?«

»Nur Polizisten.«

Als die Polizisten beim verwitterten Geländer ankommen, läßt sich der Hund fallen. Den Grund seines Besuchs hat Kottan schon verraten: Bob Klinger, stellvertretender Außenminister der USA, wird Österreich besuchen und alle Politiker außer Kurt Waldheim heimsuchen. Laut Pilchs Bericht gibt es Informationen, die auf ein mögliches Attentat hindeuten. Kern nickt in Richtung einer einschwebenden *KLM-Boeing*.

»Wann kommt der Amerikaner?«

»Am Samstag.«

»Und woher kommen die Informationen?«

»Keine Ahnung.«

»Bei mir da wird leider nichts passieren.«

»Leider?«

»Da hätte ich Heimvorteil. Die Afrikaner und Asiaten, die hier was einschmuggeln, gehen mir schon lang auf die Eier.«

Ein kurzes Bellen des Schäferhunds kündigt den Anflug der nächsten Maschine an.

»Kannst du mir garantieren, daß der Ami unversehrt bis zur Stadtgrenze kommt?«

»Ich glaub schon.«

Kottan mustert den einsamen Gitterkorb für Abfälle, der mitten auf der Terrasse steht.

»Wer darf normalerweise auf die Terrasse?«

»Niemand. Ich und der Hund.«

Ein genauerer Blick hätte Kottan die Frage erspart. Im Korb liegen nur Scherben von Flaschen, ausgeleckte Hundedosen und zerbissene Tennisbälle.

1 Schrammels Geschichten (die erste)[18]

Einst, bei der Flucht aus Ägypten, verirrten sich Maria und Josef auch in unser Land.
Eckhard Henscheid

Harald Walberer, 38, ein unbedeutendes Licht der Wiener Unterwelt, was auch für den Laien daran zu erkennen ist, daß er es bereits auf 16 Jahre Haft gebracht hat, ist vor wenigen Tagen aus dem Gefängnis entlassen worden und logiert derzeit in einem billigen Zimmer eines nur sogenannten Hotels im zwölften Bezirk. Eigentlich hat Walberer die feste Absicht, in der nächsten Zeit nicht aufzufallen, obwohl ihn die *Galerie*[19] seit der Entlassung schon für einige *Arbeiten* ködern wollte. Als Fahrer hat er nach wie vor einen ausgezeichneten Ruf.

Heute kommt Guido Melinski, in einschlägigen Kreisen nur *Kauz* genannt, weil er dicke Brillen im Krankenkassenstil der fünfziger Jahre trägt, mit einem Angebot ins unversperrte Hotelzimmer. Er eröffnet mit einer Frage, die beiläufig und dumm ist.

»Wieder auf freiem Fuß?«

»Wie man sieht.«

»Wie geht's?«

»Es geht. Es geht weiter.«

»Das heißt, du hast dich schon entschieden ... geschäftlich?«

»Sowieso.«

»Eine große Sache?«

»Was ist groß?«

»Also?«

»Ich arbeite als provisorischer Nachtwächter.«

»Ich verstehe«, grinst Melinski mit gefälschtem Oberkiefer. »Um was herauszufinden, oder?«

»Nein.«

»Du hast schon was herausgefunden?«

»Nein.« Walberer erwidert das Grinsen. »Um zu arbeiten.«

»Arbeiten im Sinne von arbeiten?«

»Ja.«

»Du bist ein Idiot.« Melinski rümpft die Nase und setzt sich auf den einzigen Sessel im Zimmer.

»Bisher hast du doch alles drangesetzt, um nicht arbeiten zu müssen.«

»Stimmt.« Walberer zieht an seinen knackenden Fingern. »Für mich haben aber nur 16 Jahre, vier Monate und 19 Tage *Schmalz* herausgeschaut.«[22]

»Und die Firma, bei der du bist, weiß Bescheid?«

Walberer nickt.

»Ich hab es in meinen handschriftlichen Lebenslauf geschrieben.«

»Vollidiot.«

»Der Chef vertraut mir.«

»Lieb. Wieviel kriegst du in der Stunde?«

»Darüber denk ich lieber nicht nach.«

»Solltest du aber«, meint Melinski. »Ich weiß was, da erntest du 30.000 in der Stunde. Todsichere Angelegenheit, kann ich dir verraten. Ich brauch einen Fahrer.«

»Frag den Gerhard Berger. Der ist schnell.«

»Der hat zu viele Unfälle. Zuhören kostet nichts.«

»Von mir aus«, brummt Walberer, vergißt aber nicht, seinen Satz mit einem langen Gähnen zu ergänzen.

»In Kagran gibt's eine größere Firma, die zahlt die Gehälter noch wie in den besten Zeiten bar aus. Jeden Freitag. Wenn der Buchhalter der Firma von der Bank kommt, nehm ich ihn mir auf dem Parkplatz vor. Da kann gar nichts schiefgehen, wenn ich dich als Fahrer hab.«

»Was ist das für eine Bude?« will Walberer wissen. Mittlerweile macht er doch mehr als neugierige Augen.

»Eine Maschinenfabrik.«

»*Krammer und Co.?*«

»Du kennst sie schon? Wieso?«

»Es ist eine der Firmen, die ich Nacht für Nacht kontrolliere.«

»Hindert uns das, sie am Tag zu erleichtern? Was ist jetzt? Machst mit?«

»Wieviel Bedenkzeit?«

»Keine. Ja oder nein?«

»Ja.«

»Gratuliere«, kommentiert Melinski und holt eine fast volle Flasche *Scharlachberg* aus einer Nylontasche. »Ein ganzer Idiot bist du noch nicht.«

Alfred Schrammel, der auch international anerkannte Wiener Kriminalbeamte, hat zum 922sten Mal die Gelegenheit, eine der lauten Predigten seines Polizeipräsidenten mitzuerleben; wie meistens im getäfelten Büro des Präsidenten. Heribert Pilch, Polizeipräsident h. c.[23], steht hinter seiner Schreibtisch-Mauer und bringt seine Meinung fast singend zur Geltung. Außer Schrammel werden nur Dezernatsleiter Schremser und Jerabek, der Leiter des Giftdezernats, von den komplizierten Gedankengängen des Präsidenten belästigt. Kottan darf abseits sitzen. Auch Heribert Pilch glaubt inzwischen, daß Kottan in dieser Welt nicht mehr zu belehren ist.

Nach etwa 30 Minuten wird der Präsident jäh unterbrochen, weil sein gelbes Telefon schrillt. Pilch bricht mitten im Satz ab, nimmt den Hörer und sagt: »Ja?« Noch weiß er nicht, daß er seinen Satz in diesem Leben nie beenden wird. Ein Mann meldet sich, offenbar aus einer Telefonzelle, der aber unbedingt Leutnant Schrammel sprechen will.

»Wehe, das wird ein Privatgespräch«, droht Pilch und überreicht mir[24] den Hörer.

»Hallo«, sagt Schrammel höflich und freundlich zugleich.

»Ich will Sie auf ein Verbrechen aufmerksam machen.«

»Danke. Name und Adresse des Täters?«

»Das Verbrechen ist noch nicht verübt worden.«

»Was heißt das?«

»Morgen um halb elf wird der Geldbote der Maschinenfabrik *Krammer* in Kagran überfallen. Auf dem Parkplatz der Firma.«

»Woher wissen Sie das?«

»Weil ich beim Überfall dabei sein werde.«

»In welcher Rolle?«

»Als Täter.«

»Aha«, seufzt Schrammel und beginnt an seinen makellos gekämmten Haaren zu zupfen.

»Sie sorgen ab halb elf für eine Straßensperre in der Erzherzog-Karl-Straße.«

»Ich verstehe noch immer nicht.«

»Erwartet ja keiner von Ihnen.«

»Kennen Sie mich?«

Der Mann am anderen Ende der Leitung legt auf. Schrammel steht noch ein paar Sekunden mit nachdenklichem Gesicht da, dann legt er ebenfalls auf. Schrammel berichtet, bis ihn der Präsident unterbricht und vor Freude in die Hände klatscht.

»Und der Räuber in spe will, daß wir ihn mit einer Razzia unschädlich machen?«

»Razzia gibt's keine«, sagt Kottan. »Heißt immer noch Straßensperre.«

Das Wetter ist in Ordnung: nicht heiß, kein Regen. Walberer sitzt hinter dem Lenkrad eines gestohlenen *Fiat Uno 45*. Die Kennzeichen hat Walberer mit weißem Lack verändert. Melinski sitzt auf dem Beifahrerplatz und kaut an einem Himbeerkaugummi. Seit zehn folgen sie dem mickrigen Buchhalter der Maschinenfabrik. Der Mann hält einen leuchtend auffälligen Österreich-Werbekoffer in der rechten Hand, als er aus der Bank kommt. Er hat ihn auch in der rechten Hand, als er auf dem Firmenparkplatz aus dem Firmen-PKW steigt.

Walberer rührt sich nicht aus dem Auto, läßt den Motor laufen, während der *Kauz* auf den Buchhalter losschlendert. Er schlägt ihn von hinten zu Boden, zerrt an dem Blechkoffer. Der Buchhalter schreit und versucht, sich gegen den offensichtlichen Räuber mit heftigen Fußtritten zu wehren. Melinski reißt wieder an dem Koffer, den der Buchhalter anscheinend nicht losläßt. Als Melinski seine Pistole zieht, läßt sich der Buchhalter fallen. Melinski beginnt den Mann jetzt auch mit Tritten zu bearbeiten, kriegt die Tasche aber trotzdem nicht in seine Finger. Als aus dem Fabriksgebäude und aus einem Taxi Leute heraneilen, tritt Melinski den Rückzug an.

Der verhinderte Räuber rennt zum Auto. Walberer hat mehrmals gehupt, um zu signalisieren, daß auch er für sofortigen Rückzug ist. Der Wagen fährt mit noch offener Tür ab.

»Ich bin ein Idiot!« keucht Melinski. »Ich hab es verschissen.«

»War dir der Koffer zu schwer?«

»Der Hund hat ihn versperrt und mit einer Kette an sein Handgelenk fixiert.«

»Das ist dir nicht aufgefallen, wie du die Sache vorbereitet hast?«[25]

»Nein.«

»Amateur!« brüllt Walberer, der schon den Motor übertönen muß. »Und jetzt schnall dich an!«

»Warum?«

»Weil das keine Spazierfahrt wird!«

Trotzdem kann Walberer bald langsamer fahren. Der *Fiat* wird nicht verfolgt. In der Erzherzog-Karl-Straße prallt das erfolglose Duo auf eine unüberwindliche Straßensperre der Polizei. Walberer kann nicht schnell genug wenden. Ein uniformierter Polizist will die Wagenpapiere sehen. Walberer überreicht die Originalpapiere aus dem Handschuhfach.

Minuten später werden die beiden erfolglosen Räuber schon zurück zum Tatort gebracht. In einem VW-Bus der Polizei, in Begleitung von Schrammel, Kottan und Präsident Pilch. Melinski wird sofort als Täter erkannt. Vom immer noch schwer atmenden Buchhalter der Firma *Krammer*, aber auch von anderen Zeugen.

»Gut, daß Sie uns vorher vom Überfall verständigt haben«, meint Kottan überfreundlich zu Walberer.

»Wieso er?« sagt Melinski schnell. »Ich hab Sie doch angerufen.«

Kottan gilt ein vernichtender, aber gerechter Blick Schrammels, weil er die Sache nur komplizierter gemacht hat. Walberer und Melinski behaupten jetzt selbstverständlich beide, der telefonische Informant der Polizei gewesen zu sein. An den Stimmen sind die beiden auf keinen Fall zu unterscheiden.

Kottan will seinen Fehler ausbessern.

»Die Straßensperre hilft uns bestimmt«, redet er drauflos. »Der Anrufer hat uns ja gesagt, daß wir nur *eine* Sperre brauchen. In der Erzherzog-Karl-Straße.«

Zum zweiten Mal gepatzt. Auch das hilft jetzt Schrammel nicht mehr, weil beide Verdächtige mithören konnten.

»Entschuldigung«, sagt Kottan. Der Präsident ist nahe dran, dem Major eine Ohrfeige zu versetzen. Schrammel gibt sich so schnell nicht geschlagen.

»Wer hat denn das Auto besorgt?« will er von den Verdächtigen wissen.

»Ich«, sagt Walberer.

Melinski nickt nur zustimmend, weil er nicht ahnen kann, daß Schrammel sich bei der harmlosen Frage etwas gedacht hat. »Ich weiß, wer uns angerufen hat«, sagt Schrammel und dreht den Verdächtigen den Rücken zu.

»Bravo«, sagt Pilch. »Eine Razzia ist doch was Schönes. Wer hat uns angerufen?«

»Der Walberer.«

»Wieso der?« wiederholt sich Melinski.

»Weil der Anrufer schließlich dafür sorgen hat müssen, daß das Auto bei der Sperre mit Sicherheit *auffällt*. Das hat Ihr *Freund* mit den geänderten Kennzeichen erreicht, die nicht mehr mit den Papieren übereinstimmen.«

Der Präsident eilt jubelnd davon. Was grölt er dabei? Das *Kufsteiner Lied, We Are The Champions*, die *Internationale*?[26] Melinski wird von Kottan abgeführt. Damit entgeht ihm eine Information, die ihn noch mehr in Wut bringen könnte. Walberer hat nämlich gestern noch veranlaßt, daß der Buchhalter den Geldkoffer heute an seine Hand ketten mußte. Melinski konnte beim Auskundschaften des Coups also beim besten Willen nichts auffallen.

2

Ist das dort die Tür zum Schlafzimmer?
Carter Brown

Neun Uhr 30. Der betagten, grauen Maus, die mich trotz meines Ausweises nicht in ihre schäbige Wohnung bitten will, ist ihr Gewerbe tief ins Gesicht geschrieben.[27]

»Lesen Sie Zeitungen?« frage ich und gebe meinen Platz auf der Schwelle zur Wohnung nicht auf.

»Um diese Tageszeit nie.«

Manuela Nickel schlägt den Kragen ihres Froteemantels hoch und weicht keinen Schritt zurück.

»Wo ist Ihr Mann?«

»Ich hab keinen.«

»Und wenn ich andere Informationen habe?«

»Sind sie verjährt. Was ist mit dem Robert?«

»Wann haben Sie ihn zuletzt gesehen?«

Die registrierte Prostituierte macht ein Gesicht, als ob sie echt nachdenken würde. »Beim Scheidungsrichter?«

»Wir wissen, daß Sie noch mit ihm verkehrt haben.« Anscheinend gefällt ihr mein Polizistendeutsch nicht. Sie kichert. »War er Ihr Zuhälter?«

»Hab keinen nötig. Was heißt *war*? Ist er tot?«

»Ja.«

»Er hat mich gestern nicht wie versprochen abgeholt. Ist sonst nie vorgekommen. Muß ich ihn identifizieren?«

»Erledigt.«

»Wissen Sie, wer ihn umgebracht hat?«

»Hab ich schon gesagt, daß er erschossen worden ist?«

»Der Robert war für einfachere Sachen schon zu feig.«

»Daß er Geschäfte gemacht hat, ist Ihnen nicht entgangen?«

»Ich hab mich jedenfalls nicht darum gekümmert.«

»Wo waren *wir* letzte Nacht?«

»Ich war, wo ich immer bin, wenn es finster ist.«

»In der *Stefanie*. Seit zwölf Jahren. Bis wann?«

»Bis zwei.«

»Und dann?«

»Bin ich heimgefahren.«

»Also ab zwei kein Alibi?«

Ich weiß, daß die Frage wertlos ist, weil Robert Weywoda schon vor zwei von der Brücke geworfen wurde.

»Irrtum«, sagt Manuela Nickel und zeigt mit dem rechten Daumen hinter sich. Im Vorzimmer taucht ein verschlafener Mann im Slip auf. »Da ist mein Alibi.«

»Wer ist das?«

Die Frau zuckt die Achseln. »Bei mir heißt er Fritz.«

»Sie nehmen Kundschaft mit?«

»Falsch«, sagt Manuela Nickel. Ihr Gesicht ist womöglich wirklich empört. »Heimarbeit ist verboten. Der ist fürs Herz.«

Schremser sitzt rauchend hinter seinem chaotischen Schreibtisch. Ein kleiner Platz für die Jausen und Getränke bleibt eigentlich immer frei. Jetzt liegen da zwei Fernschreiber-Bahnen und ein Bild des amerikanischen Ministers, der die Österreich-Visite nicht streichen will. Kottan, der dem Dezernatsleiter noch ein Bier herausgerissen hat, liest halblaut: »Robert Edmont Klinger. Schöner Name. Muß ich das Kleingedruckte auch lesen?«

»Nein«, sagt Schremser. »Ist nur die bisherige Laufbahn. Bedeutend und uninteressant. Auf jeden Fall ist der Mensch sogar für amerikanische Verhältnisse einigermaßen konservativ.«

»Ja?«

»Die ersten Demonstrationen sind schon angemeldet und von unseren Kollegen nicht untersagt worden.«

»Wo wird der Klinger wohnen? In der Botschaft?«

»Eben nicht. Im Hotel *Imperial.*«

»Arschloch. Und dort lassen wir Demonstrationen zu?«

»Wo sonst? Auf der Donauinsel?«

Heinz Bauer hat nicht die geringste Lust, mit der Kriminalpolizei zusammenzuarbeiten. Die diesbezügliche Idee des Innenministers gefällt ihm überhaupt nicht. Heribert Pilch hat auch keine Lust, mit seinem Bruder an einem Strang zu ziehen. Jedenfalls hat er dem Minister nicht gesagt, daß er in der Klinger-Sache schon Aktivitäten gesetzt hat. Der Bruder sitzt seit zehn Minuten draußen bei der Sekretärin. Er hat sich zwar erst für elf Uhr 30 angesagt, aber aus Angst, er könnte sich einmal im Leben verspäten, kommt er immer eine halbe Stunde zu früh. Der Polizeipräsident, der weiß, daß sein Bruder den Aufenthalt im Gebäude des Sicherheitsbüros haßt, schenkt ihm keine Minute und läßt ihn auf die Sekunde genau in sein Büro.

Offenbar will ihm Heinz Bauer in modischer Hinsicht Konkurrenz machen. Er trägt eine Jacke mit großen und kleinen Karos. Auch das Sakko-Futter hat das gleiche Muster. »Modern«, lobt Pilch, selber wie meistens in einem etwas zu engen, grauen Anzug, und stößt einen Pfiff aus. »Das wirst du auch in der Pension noch tragen können.«

»Ich geh nicht in Pension.«

»Willst im Dienst erschossen werden? Wie heißt unser Auftrag?«

»Zusammenarbeit. Leider.«

»Wen hast du anzubieten?«

»Leutnant Birker.«

Heribert Pilch zuckt unmerklich. Anton Birker ist auch im Sicherheitsbüro ausreichend bekannt: ein eifriger Beamter, der zu Kurzschlüssen neigt, sozusagen eine 20 Jahre jüngere Kopie von Schrammel.

»Wen sonst noch?«

»Der reicht doch.«

Ausnahmsweise widerspricht Heribert Pilch seinem Bruder nicht.

Kottan chauffiert seinen neuen Kollegen im Dienstwagen zum *Imperial.* Es ist zwar anzunehmen, daß sich der amerikanische Minister ganz auf eine amerikanische Schutztruppe verläßt, trotzdem will Kottan die reservierte Suite sehen. Birker, im knappen Leinenanzug, hat wenigstens nicht ständig einen Kaugummi im Mund, aber bei der Schwedenbrücke bohrt er sich schon zum dritten Mal eine aufgebogene Büroklammer ins rechte Ohr.

»Wieso wohnt der Vogel nicht in seiner Botschaft?« sagt Birker, als Kottan den Wagen auf den Schubertring lenkt.

»Er will nicht.«

»Arschloch. Und wir lassen die Friedensdeppen vor dem *Imperial* demonstrieren?«

»Wo sonst? Auf der Donauinsel?«

Kottan hat keine Gelegenheit, die Wirkung der gestohlenen Bemerkung auf Birker zu kontrollieren. Im Seitenspiegel fällt ihm jetzt zum dritten Mal ein roter *Golf* auf, der nicht überholt, obwohl Kottan betont langsam unterwegs ist. Birker entdeckt ihn jetzt auch und dreht sich nach hinten um.

»Vielleicht meint der gar nicht uns?«

»Garantiert meint der uns?«

»Wir hängen ihn ab?«

»Im Gegenteil.«

Kottan fährt noch einen Schleichweg durch den Einbahn-Zirkus der Inneren Stadt. Der *Golf* bleibt hinter ihnen. Bei einem Häuserblock beim Stadtpark wird er plötzlich schneller, biegt links ab und gleich noch einmal links zu einer Diskont-Tankstelle. Der *Golf* mit Diplomaten-Kennzeichen fährt an der Tankstelle vorbei. Jetzt nimmt der Major die Verfolgung auf, während Birker über Funk wissen will, auf wen der *Golf* zugelassen ist.

Die Antwort ist nach ein paar Sekunden da: »Das Fahrzeug gehört der amerikanischen Botschaft.«

Schön, daß die amerikanischen Kollegen jetzt schon wissen wollen, was die österreichischen Kollegen vorhaben. Birker stimmt die amerikanische Hymne an, die in seiner Interpretation noch falscher als die Version von Jimi Hendrix klingt.

»Darf ich raten, was das ist?« sagt Kottan. »Guten Abend, gute Nacht?«

Wien-Floridsdorf. Rudolf Rösner, pensionierter Buchhalter und aktiver Heiratsschwindler, hat seinen violetten *Ford Escort* mit den rechten Rädern auf dem Trottoir abgestellt. Die Blumenhandlung, auf die er zugeht, heißt *Karl Kraus' Erben.* Rösner mustert die gemischten Sträuße, die in Krügen vor dem Geschäft ausgestellt sind. Als er sich für einen Strauß um 95 Schilling entschieden hat, hört er hinter sich das Starten eines Motors. Er kennt das Geräusch zu genau: Es ist sein Auto, daß da unbefugt in Betrieb genommen wird. Rösner kommt zu spät. Der vielleicht 30jährige, blonde Mann, der in seinem Auto sitzt, ist nicht mehr aufzuhalten.

»Aufhalten!« schreit Rösner und springt zur Seite. Er macht noch ein paar hilflose Schritte. Ein Passant hat ihn mißverstanden und stellt sich in den Weg. »Nicht mich!«

»Ich hab die Autonummer?«, sagt der Passant freundlich. Er hat auf die Rückseite einer schwarzen Visitenkarte kaum lesbar W 23.793 geschrieben.

»Uninteressant«, stöhnt Rösner.

»Wieso?«

Rösner wirft zuerst die Karte auf den Gehsteig, dann den unbezahlten Strauß.

»Aufhalten!« schreit jetzt eine von *Karl Kraus' Erben*: eine rotwangige Frau mit gestricktem Hut.

3

And I'm goin' to Arizona
Just a rider in the rain
Randy Newman

Harry Russ' rechte Hand landet zweimal im Gesicht Manuela Nickels. Ihre Wange läuft sofort rot an.

»Bist deppert?«

»Du lernst nicht einmal durch Watschen was!«

»Was ist denn?«

»War die Polizei bei dir oder nicht?«

»Ist doch normal, daß sie antanzt.«

»So schnell?«

Während die unerbittliche Akupunkteurin Helene Chnapelek ihre Nadeln in die gewohnten Stellen von Kottans Körper dreht, hat der Major Gelegenheit, die leeren Kilometer des heutigen Tages in Gedanken noch einmal zu durchschreiten. Der Ausflug ins *Imperial* hat nichts gebracht. Die Suite im dritten Stock ist für Anschläge kaum geeignet. Während der Anwesenheit Klingers wird das Hotelpersonal gar keinen Zutritt zur Suite haben; nicht einmal der Manager des Hotels. Für jeden Weg, den Klinger in Wien mit dem Auto zurücklegen wird, sind zumindest drei verschiedene Routen vorgesehen. Die Amerikaner, die so interessiert an den österreichischen Schritten sind, lassen, was ihre Sicherheitsmaßnahmen betrifft, nicht einmal Andeutungen aus.

Um 18 Uhr beginnt wie jeden Dienstag die Probe von *Kottans Kapelle*. Kottan probiert ein *neues* Mikrophon, das 1956 in Detroit gefertigt wurde und angeblich einmal im Besitz von Jerry Lee Lewis war. Zwei *neue* Lieder hat der Major bei Buddy Holy ausgegraben: *That Will Be The Day* und *It Doesn't Matter Anymore*. Eines bei Chubby Checker: *Let's Limbo Some More*. Anton Birkner, die staatspolizeiliche Leihgabe, ist mitgekommen, weil er im Gegensatz zu Schrammel ausgebildeter Schlagzeuger ist. Schrammel gibt aber seinen Platz nicht auf. Bevor sich Birker an Rumbakugeln oder einem Tambourin vergreifen muß, verläßt er den muffigen Keller. Er wird eine Adresse ansteuern, die er auf Schrammels Schreibtisch gesehen hat.

Der *Ford Escort* mit dem Kennzeichen W 23.793 hält vor einer kleinen Villa in der Hüttelbergstraße 23c. Der dickliche Mann mit den blonden Haaren, die ihm in die Stirn hängen, heißt Hermann Roth. Der in Nürnberg geborene Mann ist vor einer Woche mit einem Schweizer Paß auf den unverdächtigen Namen Gottfried Keller eingereist. In der Villa soll er seine unbekannten Mittäter treffen.

Nach dem zweiten Läuten erscheint auf dem betonierten Weg eine schwarzhaarige Frau, Ende 20, sperrt das lackierte Gittertor auf und geht wortlos vor Roth ins Haus. Sie durchquert zwei fast leere Räume, in denen nur einzelne, zugehängte Möbelstücke stehen. Im dritten Raum, einer Wohnküche mit offenem Gas-Kamin, sitzt Josef Janscher am runden Tisch über einer zerlegten Waffe.

»Er ist da«, sagt die Frau.

»Ich bin . . .« Roth wird sofort unterbrochen.

»Ich will nicht wissen, wie du heißt«, sagt Janscher. Er hat alte Jeans und einen lichtblauen Pullover an. »Bleibt ja unser einziges Treffen.«

»In Ordnung.«

»Nichts ist in Ordnung. Ich komm nur zum Zug, wenn du deinen Kracher nicht zünden kannst.«

»Damit würde ich nicht rechnen.«

»Ich rechne nicht damit.«

»Verstanden. Du spielst nicht gern Ersatz und bist beleidigt.«

»Falsch«, sagt Janscher und streckt den Zeigefinger Roth ins Gesicht. »Du hast einen Auftrag angenommen, ich weiß, *warum* ich dabei bin.«

»Du kannst mich aufklären.«

»Wird in deinem Alter zu spät sein.«

»Immerhin hast du eine charmante Hilfe.«

»Ist nur meine Schwester. Und den Umgang mit Typen wie dir hab ich ihr verboten.«

»Gitti«, sagt die Frau und schiebt Roth einen gepolsterten Sessel in die Kniekehlen. »Kaffee?«

Zur Adresse in der Pachmanngasse gehört eine Auslage, in der Filmplakate, Baststerne und Lametta hängen; und eine silberne Tür, auf der *HELLO AGAIN* steht. In den Zeitungen wird unter der Adresse in vier Etappen 1-A-Erotik versprochen. Von neun bis zwölf: langb. Polenkind. Von zwölf bis 16 Uhr: Negergirl Sweety. Von 16 bis 20 Uhr: vollb., delik. Blondine. Von 20 Uhr bis ?: exot. Yvonne.

Kurz nach 19 Uhr öffnet die vollb., delik. Blondine: Manuela Nickel. Sie zieht Birker in den kleinen Raum hinter der Tür und auf ein gestreiftes Sofa. Birker, der sich vor seiner Fleißaufgabe informiert hat, ist nicht überrascht. Manuela Nickel bleibt in ihren schwarzen Stöckelschuhen stehen. Ihr Körper ist in ein schwarzes Korsett gepreßt, das ihre auseinanderklaffenden Brüste zur Geltung bringen sollen.

»Einsam?« schnurrt die Frau und läßt Birker nicht zu Wort kommen: »Keine Widerrede.«

Birker zückt den rot-weiß-roten Ausweis, der Manuela Nickel schon bei Schrammel nicht imponiert hat.

»Für den patriotischen Schein wirst du nicht auf meiner Couch lümmeln.«

Birker schnellt hoch. Im gleichen Moment hat er das Gefühl, daß ihn aus dem Türspalt zum nächsten Zimmer zwei Augen beobachten.

»Ist im Zustand meines Manns eine plötzliche Änderung eingetreten?«

»Ich will nur was fragen.«

»Bitte, aber die meisten Fragen versteh ich nicht, und Zeit hab ich auch keine.«

»Verstehe. Sie haben Kundschaft hinten, und um neun fangen Sie in der *Stefanie* an. Schöner Job?«

»Ich liebe solche Köpfe wie dich. Also was ist jetzt, mein Bub hinten schlaft mir noch ein.«

Birker kann nicht übersehen, daß die Tür noch weiter zugezogen wird. Daß es sich nebenan um einen Kunden handelt, nimmt er nicht an. Wahrscheinlich hätte die Frau ihm dann gar nicht erst aufgemacht. Birker versucht es mit einem unüberlegten Bluff.

»Ihr Mann hat mit uns ganz gut zusammengearbeitet.«

»Wenn er noch könnte, würde er es jetzt bereuen.«

»Sind Ihre Informationen soviel schlechter?«

»Was heißt das?« Die Frage versteht Manuela Nickel wirklich nicht. Sie kratzt sich mit drei Fingern am Hals.

»Sind Sie einverstanden mit unserem Angebot? Finanziell?«

»Was meinen Sie? Du bist verrückt!«

Die Tür zum Hinterzimmer fliegt auf. Ein Mann macht einen Schritt in den Raum und feuert zweimal mit einem Revolver, den er mit beiden Händen hält. Birker läßt sich hinter das Sofa fallen. Auf ihn ist nicht geschossen worden, begreift er, als er das Wimmern der Frau hört und die sich entfernenden Schritte des Mannes im anderen Zimmer. Er begreift auch, was er angerichtet hat, und robbt zu Manuela Nickel, die in den Rücken getroffen wurde und auf den Kokosteppich gefallen ist.

»Wer war das?«

»Der Harry.«

»Harry wie?«

»Nur Harry.«

Birker dreht die Frau auf die Seite und verständigt die Polizei über den telefonischen Notruf. Dann rennt er durchs Nebenzimmer ins Stiegenhaus. Durch das Haustor scheint der Schütze nicht entkommen zu sein, weil das auch am Tag von innen nur mit einem Schlüssel zu öffnen ist. Weiter oben im Haus sind Schritte zu hören, dann das Rütteln an einer Blechtür und noch ein Schuß. Jetzt ist Birker nicht mehr zu bremsen. Mit gezogener Dienst-*Glock* stürmt er Richtung Dachboden, nimmt zwei oder drei Stufen auf einmal. Das Vorhängeschloß zum Dachboden ist aufgeschossen worden.

Auf dem Dachboden geht Birker zunächst hinter einem mächtigen Dachbalken in Deckung. Keuchend entdeckt er die kleine Leiter und die Klappluke, durch die der Mann ins Freie gekommen sein muß. Auf dem Dach gerät Birker ins Rutschen, ein paar Haken, die den Abgang von Dachlawinen verhindern sollen, stoppen ihn. Der Mann, der auf Frau Nickel geschossen hat, läuft schon auf dem Flachdach nebenan. Birker zwingt ihn mit zwei Schüssen, hinter einem rohen Ziegelkamin in Deckung zu gehen. Er selber will am Dachrand weiterlaufen, stolpert über einen weiteren Laweinenhaken, stürzt ab. Nach nicht einmal zwei Metern Fall ist der Sturz zu Ende. Birker landet auf einem berstenden Kunststofftisch auf einer Terrasse. Der Tisch war gedeckt. Birker kommt zwischen Scherben, Aufschnitt und Schafkäsestücken zum Stillstand. Seine Handflächen bluten, die *Glock* ist ihm ausgekommen, und das rechte Bein dürfte schwerer verletzt sein. Im Campingsessel neben dem zerlegten Tisch sitzt eine mindestens Siebzigjährige im Pyjama, mit einem Cognacglas in der Hand. Sie ist nicht einmal sehr irritiert.

»Junger Mann«, sagt sie, »noch frei mit der Nummer?«

4 Schrammels Geschichten (die zweite)

Irgend etwas löst sich von mir, um der Gestalt entgegenzugehen, die auf mich zukommt und mir, bevor ich noch sehen kann, wer es ist, versichert, daß ich sie kenne.

Virginia Woolf

Den Plan für den Banküberfall, der unvorhergesehen spektakulär enden wird, hat sich Hans Zemanek ausgedacht, ein seit zehn Jahren erfolgreicher, das heißt: noch nicht eingesperrter und damit mit immerhin 38 Jahren der Polizei völlig unbekannter Gauner. Seine Lieblingsbeschäftigung ist es immer schon gewesen, in Wien herumzuspazieren und mögliche Tatorte auszukundschaften. Jahrelang hatte er sich darauf spezialisiert, sich unter irgendeinem Vorwand Zutritt zu Wohnungen zu verschaffen und mitzunehmen, was nur mitzunehmen war. Seine Lieblingsrollen waren Lichtkassier, Eilbriefträger, Planungsbeamter und uniformierter Polizist.

In puncto Sicherheit war Zemanek von Anfang an klar, daß nur allein durchgeführte Verbrechen mit wenig Risiko verbunden und daher am vernünftigsten sind. In puncto Lukrativität, weiß Zemanek, ist man dann und wann doch auf Mittäter angewiesen. Seit drei Monaten glaubt er, die geeigneten Komplizen für den *großen Riß*[30] gefunden zu haben: Heinz Pecho und Albert Zartl, beide Anfang 30, beide bei Polizei, Gendarmerie und ähnlichen erfreulichen Organisationen auch noch nicht aufgefallen. Zartl ist ein kleiner, athletischer Mann, den jeder auf den ersten und alle folgenden Blicke unterschätzen würde. Pecho hingegen hätte die körperlichen Voraussetzungen zum Langstreckenläufer. Auf jeden Fall ist er *doppelter* Waffenexperte: hinsichtlich Beschaffung und Anwendung.

Der heutige Überfall soll nur der Anfang sein, die notwendige Ouvertüre. Am Anfang jedes großzügig dimensionierten Verbrechens steht die Geldbeschaffung. Deswegen hat Zemanek Robert Zartl auftreiben *müssen*. Der kennt jede Bank, jeden Postgeldschalter, jede Sparkasse in Wien und Umgebung, die immer noch ohne Videoanlage auskommen wollen. Zartl hält die Ouvertüre allerdings für das Finale und weiß nicht, daß er damit sogar recht haben wird.

Die Wahl ist nach ausgiebigen Überlegungen auf eine winzige, nicht frequentierte Bank in Wien XX gefallen. Am Vormittag macht dort die 25jährige Erika Sterzinger allein Dienst. Der Filialleiter ist nur an den Nachmittagen da, weil er vormittags eine andere Zweigstelle im Bezirk betreut.

Der günstigste Termin für einen Überfall, behauptet Zartl, ist um elf Uhr zehn. Zu diesem Zeitpunkt bringt eine Verkäuferin der Café-Konditorei gegenüber täglich eine große Schale Kaffee und ein gezuckertes Schokokipferl. Erika Zettl holt sich die Lieferung immer selbst beim gläsernen Eingang ab. Wenn man also um elf Uhr zehn in der Bank auftauchen würde, wäre die Bankbeamtin so ungünstig plaziert, daß sie keinesfalls den Alarm auslösen könnte. In aller Ruhe könnten sich bewaffnete Gangster den nächsten Schritten widmen.

Pecho lenkt den Wagen, einen fast neuen *Daihatsu*, gelb, der nicht gestohlen, aber mit falschen Papieren angemeldet wurde: ein risikoloses Fahrzeug. Zartl überprüft noch einmal seine Pistole. Alle drei haben bereits Handschuhe an.

»Hoffentlich geht nichts schief«, sagt Zartl.

»Da kann nichts schiefgehen«, sagt Zemanek.

»Und es sind schon wieder die Zeitungsdiebstähle am Sonntag, die meine Erfolgsstatistik schmälern, versauen und wertlos machen!« schreit Heribert Pilch hinter seinem Schreibtisch. Wieder einmal hat er die Dezernatsleiter und einzelne Mitarbeiter in seinem Büro antreten lassen. »Das muß endlich aufhören!«

»Ich habe einen Plan«, meldet sich Kottan und macht einen Schritt aus der Reihe.

»Ausgerechnet Sie?« staunt der Präsident.

»Man müßte sie nur verbieten.«

»Mich?«

»Nein.«

»Was denn? Die Diebstähle? Die sind doch verboten!«

Kottan zeigt sich von der witzigen Seite, was noch nie seine Stärke war. »Die Sonntagszeitungen. Ist doch ganz einfach: keine Zeitungen – keine Diebstähle.«

»Genial«, behauptet Schremser und versteckt sein Gesicht in beiden Händen.

Der Präsident scheint ein paar Augenblicke über Kottans Vorschlag ernsthaft nachzudenken. Dann erkennt er in Schrammels helfenden Augen, daß auch dieser Vorschlag des Majors nur eine Bosheit ist. Heribert Pilch schüttelt ablehnend den grauen Kopf.

»Mein Konzept«, sagt er endlich theatralisch und auf Beifall lauernd, »ist besser. Es heißt: Präsenz. Neben jeder Zeitungsverkaufsstelle werde ich einen uniformierten Polizisten aufstellen und damit die Bevölkerung über Nacht zur Ehrlichkeit erziehen. Was halten Sie davon, Schrammel?«

»Könnte funktionieren«, gibt Schrammel zu, »aber alle anderen möglichen Verbrechen werden nicht nur möglich bleiben.«

»Begreife ich nicht. Was heißt das?«

»Es wird zwar keine einzige Zeitung gestohlen werden, höchstens von unseren eigenen Leuten, aber ein paar Banken werden ausgeräumt, ein paar Leute am hellichten Tag überfallen . . . undsoweiter.«

»Blödsinn! Banküberfall hat es in Wien doch schon seit Monaten keinen gegeben!«

»Dann wird es bald soweit sein.«

Und wieder einmal klingelt das gelbe Tastentelefon auf dem Präsidententisch. Pilch hebt ab.

»Was ist los?« knurrt er. »Ein Banküberfall?«

In Zeitlupe und mit starrem Gesicht legt er den Hörer zurück. »Wieso haben Sie das gewußt?«

»War nur eine statistische Bemerkung«, sagt Schrammel. »Ihre Schule. Wo ist die Bank?«

»In der Brigittenau.«

»Was sollen wir machen?« sagt Kottan und hält Schrammel, der bereit für den täglichen Dienst ist, am Sakko zurück.

»Hinfahren. Sofort.«

»Für Banküberfälle bin ich nicht zuständig«, sagt Kottan.

Der Präsident ist anderer Meinung: »Für Banküberfälle mit zwei Leichen schon.«

Bei der Bank in der Wexstraße ist mindestens der Teufel los. Neugierige drängen, Journalisten und Fotografen versuchen sich zum Eingang der Bank durchzuschlagen. Nur mit Mühe gelangen Kottan, Schremser und Leutnant Schrammel ins klimatisierte Innere der Bank.

Zwei Männer liegen, von Schüssen tödlich getroffen, auf dem Steinboden. Die Polizeiärztin Dagmar Schett steht in einem Winkel bei einer Sitzgarnitur für Kundengespräche und redet mit monotoner Stimme auf die schluchzende Bankbeamtin Erika Sterzinger ein. Erst nach Minuten kann die Frau den Tathergang aus ihrer Sicht erzählen.

»Gleich nach elf hab ich mir beim Eingang mein verspätetes Frühstück geholt. Wie jeden Tag. Wie[31] ich zum Schalter zurückgehen wollte, bin ich von hinten umgestoßen worden und hab alles fallen lassen.«

Sie zeigt auf die zerbrochene Kaffeeschale und den verschütteten Kaffee, in dem Schremser mit einem Schuh und beiden Krücken steht.

»Es sind drei Männer gewesen. Einer hatte eine Strumpfmaske über den Kopf gezogen. Sie haben mich zum Geldschrank gedrängt. Ich bin von Anfang an auf alle ihre Kommandos eingegangen. Im Geldschrank liegt bei den Hunderter-Bündeln die Pistole des Filialleiters. Ich hab sie genommen, mich umgedreht und sofort geschossen.«

»Wie oft?«

»Ich weiß nicht. Die hat fast von selber geschossen. Ich kenn mich nicht aus mit Waffen.«

Kottan nickt. Er hat die Pistole, die gar nicht gesichert werden muß, schon inspiziert. Genau dieses Modell soll demnächst auch zur Grundausrüstung der Polizei gehören.[32]

»Den dritten mit dem Strumpf hab ich nicht erwischt, weil die Waffe auf einmal leer war. Der hat mich gegen die Wand geschleudert und das Geld selber verpackt.«

»Wohin?«

»In einen mitgebrachten Rucksack mit großem *Obelix*-Kopf.«

»War der dritte Mann bewaffnet?« will Kottan wissen.

»Na sicher.«

»Ist er gleich geflüchtet?« fragt Schrammel weiter, der erst jetzt in die Bank und zur Sitzgruppe kommt, weil er noch mit dem Verkäufer eines Ladens für Delikatessen gesprochen hat. Der hat von gegenüber die Flucht des Räubers ebenfalls beobachten können.

»Ja. Die vier Stufen hinunter.«

»Und in ein Auto gesprungen?«

»Ja.«

»Welche Marke?« Schrammel reißt das Gespräch unwiderstehlich an sich.

»Ein kleiner *Mazda*, glaube ich.«

»Farbe?«

»Braun.«

»Haben Sie das Kennzeichen sehen können?«

»Nein. Leider.«

»Soll ich Sie gleich als Komplizin verhaften?« sagt Schrammel plötzlich.

»Mich?«

Erika Sterzinger schaut den Leutnant ratlos an.

»Ich hab jedenfalls noch nie von einem Überfall gehört,

bei dem ein Täter mit Maske und zwei ohne Masken aufgetreten sind.«

»Dafür kann ich nichts.«

»Und ausgerechnet auf den mit der Maske haben Sie nicht geschossen?«

»Zufall. Wollen Sie sich daraus eine Geschichte machen?«

»Und von den zwei Toten war nur einer bewaffnet.«

»Auch nicht meine Schuld. Wie soll ich das so schnell merken?«

»Und die Strumpfmaske war braun?« hakt Schrammel nach. Seine Mundwinkel wirken amüsiert.

»Schwarz.«

»Sie sind schon verhaftet«, sagt Schrammel.

Schremser, der die Kaffeepfütze doch noch verlassen hat, ist sich nicht sicher, ob Schrammel ernst damit ist.

»Warum?«

»Weil sie Komplizin ist.«

»Und du bist ein obergescheiter Trottel, der nicht denken will«, sagt Erika Sterzinger. Sie zieht ihren getupften Halswisch[33] fester.

»Sie haben bei Ihrer Geschichte nur zuviel gelogen.«

»Hab ich nicht!«

»Warum erzählen Sie uns von einem braunen Fluchtauto, wenn es gelb gewesen ist?«

»Waren Sie dabei?«

»Der Herr Kozurek gegenüber und seine Frau können das bestätigen. Es gibt nur einen Grund für die falsche Aussage. Sie wollten Ihren Komplizen schützen.«

»Ich will einen Anwalt anrufen.«

»Das ist kein amerikanischer Krimi«, sagt Schremser und verläßt mit Schrammel, seinem besten Mitarbeiter, den Platz der grauenvollen Tat. Im Delikatessengeschäft hat Schrammel vorhin schon eine Warmhalteplatte mit Pferdeleberkäs erspäht. Und ablehnen wird er die freundliche Einladung des Dezernatsleiters nicht.

Major Kottan, der wieder einmal keinen Beitrag zur Aufklärung geleistet hat, sorgt wenigstens für die vorschriftsmäßige Verbringung der Verdächtigen in den lauernden Polizeiwagen. Eine Degradierung zeichnet sich ab. Schrammel ruft, bevor er seine Zähne in die dampfende Semmel schlägt, im Präsidium an und erlöst Heribert Pilch aus seiner ständig gleichen Angst.[35] Und die allerletzte offene Frage, wann Frau Sterzinger den Namen des Komplizen nennen wird, ist ausnahmsweise wirklich nur eine Frage der Zeit.

5

-Die Juden sollen auswandern. Nach Madagaskar.
-Das ist so weit.
-Von wo?

Hubert Fichte

Heribert Pilch hat Krankenhäuser bisher nur betreten, um sich wegen seiner Verfolgungsängste beraten zu lassen. Birkers Unfall hat die erste Ausnahme eingeleitet, die den Präsidenten in das Wilhelminenspital führt. Pilch und Heinz Bauer starren schweigend aus dem zweiten Stock des Gebäudes, in dem Birker versorgt wird.

Pilch blinzelt in die Sonne. Bauer saugt in kurzen Abständen an einer *Marlboro*, obwohl er direkt neben einem *Rauchen verboten*-Schild steht.

»Hast du was gegen Sonnenaufgänge?« sagt Bauer.

»Sie sind mir meistens zu früh«, knurrt Pilch und schließt die Augen. »Und dein Superpolizist duelliert sich über den Dächern von Wien.«

»Möglicherweise dienstlich.«

»Möglicherweise nicht dienstlich.«

Ins Zimmer zu Birker dürfen die polizeilichen Besucher noch nicht, weil die morgendliche Visite drinnen ist. Bauer drängt sich schließlich vor Pilch, Schrammel und Kottan ins Krankenzimmer. Birkers Kopf blickt traurig aus einer Halskrause, das rechte Bein ist bis zur Hüfte in Gips, die Hände sind verbunden. Bauer klopft Birker mit einer Faust gegen das *gesunde* Bein.

»Machen Sie mich absichtlich lächerlich?«

»Entschuldigung.«

»Wohin soll ich Sie exilieren? Was haben Sie sich gedacht bei der abendlichen Einlage?«

»Zum Denken war eigentlich keine Zeit.«

»Warum nehmen Sie es nicht in Ihren Wortschatz auf?« sagt Pilch, dem die Frage als Demütigung noch zu wenig ist. »Wölfe im Schafspelz kennt man, aber Schafe im Schafspelz sind mir absolut neu.«

»Meine Beamten kann ich mir selber beleidigen!« keift Bauer und rüttelt heftig an Birkers Bein. »Was hat Sie ins *Hello Again* getrieben?«

»Ich hab gedacht, der Schrammel hat bei der Nickel was übersehen.«

»Ich hab nichts übersehen«, schwört Schrammel. Seine eingefetteten, buschigen Augenbrauen zucken.

»Was hat sich abgespielt dort?«

»Ich weiß nicht. Aus dem Nebenzimmer hat einer auf sie geschossen. Sie weiß ja sowieso, wer das war.«

»Die Nickel ist tot«, sagt Kottan. »Schlagader getroffen. Verblutet.«

»Scheiße«, sagt Birker. »Aber ich kann den Mann beschreiben. Und Harry heißt er.«

»Harry wie?«

»Nur Harry.«

»Hat er sich vorgestellt bei dir?«

»Die Hur hat es mir noch sagen können.«

»Naja«, grinst Kottan, »damit ist der Fall mehr oder weniger erledigt. Wir laden jeden vor, der Harry heißt. Hast du ihn getroffen auf dem Dach?«

»Kaum.«

»Hoffentlich wirklich nicht«, sagt Kottan. »Angeschossene drehen noch schneller durch.«

»Wer kann das gewesen sein? Ihr Zuhälter?«

»Die hat seit Jahren keinen gebraucht.«

»Was hat der dann bei ihr wollen? Ein *Kren*[36] war das bestimmt nicht.«

»Vielleicht wollte er nur verhindern, daß sie ihn *anzündet.*«[37]

»Wegen was?«

»Hast du ihn provoziert?«

»Mit was denn?«

Heinz Bauer und Heribert Pilch kommen im Krankenzimmer nicht mehr zu Wort. Der Präsident wird in die nahe Teeküche gerufen, wo ein dringendes Telefonat für ihn eingetroffen ist. Am schweren Apparat ist Sonja Krbavec vom

Erkennungsdienst. Sie teilt lakonisch mit, daß Manuela Nickel mit der selben Waffe wie ihr Ex-Mann erschossen worden ist. Jetzt dämmert sogar Schrammel und Birker, daß die Nickel zumindest geahnt haben muß, wer Robert Weywoda erschossen hat. Der Ahnung folgt zumindest bei Schrammel ein schneller Gedanke.

»Vielleicht hat sie diesen Harry erpressen wollen«, vermutet er.

»Das war sogar ganz bestimmt so«, sagt Kottan. Der Major schaut die verfeindeten Brüder an. »War der Weywoda ein Spitzel, ja oder nein?«

»Bei uns nicht«, sagt Bauer schnell.

»Bei uns schon«, muß Pilch zugeben.

Und weil er das zugeben muß, kann er nicht auf der Tatsache herumreiten, daß Birkers eifriger Auftritt bei Manuela Nickel ihren Tod zumindest beschleunigt hat.

»Was hat er bei uns *angezündet*?« fragt Kottan. »Wen?«

Mehr wie ein Achselzucken Pilchs erntet er damit nicht. Der Präsident trifft eine Entscheidung: Schrammel nimmt Kontakt mit dem Untersuchungsrichter auf, der von Robert Weywoda Hinweise bekommen hat. Der talentierteste Polizeizeichner wird an Birkers Krankenbett kommandiert, um ohne Computer sowas wie ein Phantombild zu fertigen. Kottan hat sich für die Sicherheit des amerikanischen Besuchs den Kopf zu zerbrechen. Birker wird ihn mit Gehgips erst in zwei Tagen wieder begleiten können. Warum, meint Pilch, sollte eine Verhaftung der Attentäter nicht vor dem Eintreffen Klingers möglich sein?

6

»Na, fällt der Groschen endlich?«
Gerhard Zwerenz

Zumindest die erste Route, die Bob Klinger, seine Frau und die Begleiter nehmen werden, ist beschlossene Sache. Man fährt vom Flughafen nach dem Begrüßungscocktail und kurzen Ansprachen direkt ins Hotel, dann zum Bundeskanzler. Samstag um zwei ist eine kurze Rede vor dem Bundeskanzleramt angesetzt.

»Wenn er da kein gutes Ziel ist«, seufzt Schremser.

»Ich würde auf die Rede im Freien verzichten«, behauptet Kottan und reißt sein heute drittes Bier auf, obwohl die verfeindeten Präsidenten Zeugen sind.

»Der kommt nicht aus Amerika herüber, damit er hier den Mund halten muß.«

Kottan leckt sich die Zähne im Oberkiefer und massiert seine tote Wange, während er den stockenden Straßenverkehr in Richtung Zentrum beobachtet. »Wenn was passiert, passiert es während der Fahrt.«

»Dann ist auch *die* Sache mehr oder weniger erledigt.« Schremser, der seine Laune mit dem Auslöffeln von drei Dosen Fleischschmalz auf Touren gebracht hat, strahlt Kottan an. »Wir ersetzen alle Zuschauer am Straßenrand durch Polizisten in Zivil.«

»Ist das durchführbar?« meldet sich Schrammel aus seinem Nebenbüro, wo er den Computer quält. Der Richter will ihn erst gegen Abend empfangen. Schrammels fröhlicher Kopf verdüstert sich und zieht sich zurück.

Bauer, der an einer Grapefruit nagt, denkt laut: »Entlang der Hauptroute wird von den Spezialisten jetzt schon alles abgesucht und überwacht.«

»Was alles?«

»Die Häuser, die geparkten Autos, vor allem die Fahrzeuge, die schon länger abgestellt sind.«

»Und der Kanal?« sagt Kottan.

»In Wien eine Selbstverständlichkeit.«

»Kanal?« mischt sich Pilch ein, der auf einem Sessel unter den Fahndungsbildern des Monats sitzt und zufrieden in einen Becher Automatenkaffee schaut, den ihm Schrammel besorgt hat.

»Wer sagt denn«, sagt Kottan, »daß bei einem Anschlag geschossen werden muß? Wenn sich wer auskennt, kann er unter der Fahrbahn eine Bombe plazieren.«

»Sie reden nur«, findet Pilch. »Was machen wir?«

»Wir fragen bei den Leihwagenfirmen nach und analysieren die Autodiebstähle der letzten Wochen.«

»Wozu?«

»Unsere unbekannten Freunde werden nicht mit der Straßenbahn durch Wien gondeln.«

Schremser zweifelt: »Warum kontrollieren wir nicht Gruppen und Personen, die bisher antiamerikanisch aufgetreten sind? Links und rechts.«

Der Präsident zweifelt auch: »*Und* rechts? Ist das nicht eine Fleißaufgabe?«

»Auf jeden Fall«, glaubt Kottan. »Die Stapo macht sowieso nichts anderes.« Bauer nickt.

»Das Wichtigste«, sagt Pilch und breitet die Arme aus, »wird vielleicht doch der Kontakt per TV mit der Bevölkerung sein.«

Kottan weiß, was das nur heißen kann: «Um Hinweise betteln, Verdächtiges in der Nachbarschaft ist zu melden undsoweiter. Wer soll das machen?«

»Er.« Pilch zeigt entschlossen auf seinen Bruder.

Bauer schüttelt ablehnend den Kopf mit den künstlichen Kurzlocken.

»Stehst du nicht mehr auf Fernsehauftritte?«

»Doch«, gibt Bauer zu. »Es macht mich nur skeptisch, wenn du mir freiwillig den Vortritt läßt.«

»Ich muß heute pünktlich daheim sein«, erklärt Pilch. Der falsche Ton ist nicht zu überhören. »Die Poldi will pünktlich essen.«

»Ich kann dich ja telefonisch entschuldigen«, bietet Bauer an.

»Sie wird nicht abheben«, bedauert Pilch und trifft mit dem leeren Becher den Papierkorb nicht.

»Warum nicht?«

»Alles kann man einer Perserkatze nicht beibringen.«

Kottan fährt im von Stunde zu Stunde mehr scheppernden *Skoda* kreuz und quer durch die Stadt. Im Dezernat hat er sich mit der Absicht verabschiedet, die Routen persönlich abzufahren. Sollte er das wirklich vorgehabt haben, hat ihn der erste Würstelstand schon davon abgebracht. Nachdem er zwei zerschnittene Burenwürste und drei Ölpfefferoni gegessen hat, läßt er sich vom beginnenden Abendverkehr treiben. In der Pachmanngasse ist er sich keineswegs sicher, ob ihn nur der Zufall am *Hello Again* vorbeischickt. Der Major stellt seinen Wagen im Halteverbot ab, überquert die Fahrbahn und steht vor der versiegelten Tür zum Hostessen-Lokal.

»Burli« sagt eine Passantin, die mit zwei vollen Einkaufstaschen vorbeikommt, »heute wirst selber arbeiten müssen.« Sie scheint ihn zu bedauern.

Als Kottan schon zum Auto zurückgehen will, entdeckt er eine Fotolinse, die über der Auslage aus einem Blechkasten ragt, der an einer Stange befestigt ist. Die Linse ist auf den Platz vor der Silbertür gerichtet. Der Major läuft zur nächsten Telefonzelle, die aber nur Münzen schluckt und kein Freizeichen dafür bietet. Erst vom dritten öffentlichen Fernsprecher aus erreicht er Sonja Krbavec privat. Sie erkennt seine Stimme sofort.

»Darf ich mir Hoffnungen auf einen Abend im Kino machen?« sagt sie.

»Nein. Habt ihr die Kamera über der Auslage überprüft?«

»Wovon redest du?«
»Vom Puff in der Pachmanngasse.«
»Mir ist keine aufgefallen und den anderen auch nicht.«
»Danke.«
»Was hast du vor?«
»Ich werde mich verletzen.«

Bevor Sonja Krbavec weiterfragen kann, hängt Kottan ein. Auch der dritte Automat will kein Geld zurückgeben. Kottan hat keine Lust auf Wut, läuft zurück in die Pachmanngasse. Die Verständigung eines Sperrdienstes oder eines amtlichen Könners ist ihm zu umständlich. Er wirft sich mit der rechten Schulter gegen die Tür.

Die Passantin ist schon wieder da und kann nur verständnislos ihren Kopf mit Haarnetz schütteln. Für sie ist Kottan ein verblödeter Geilist, der mit Gewalt ans Ziel will. Beim dritten, schmerzhaften Versuch gibt die Tür nach, Kottan fällt ins unbeleuchtete Lokal. Sein Sturz wird durch den Teppich gemildert.

Nach fünf Minuten weiß Kottan, daß er mehr Glück als Verstand hat. Die Kamera im Kasten über der Auslage ist ein Fotoapparat, der mit der Klingel neben der Tür verbunden ist. Offenbar ist jeder, der hier vorgesprochen hat, fotografiert worden. Kottan hat, auf einem Tischchen aus dem Lokal stehend, den Kasten abgeschraubt, der nicht einmal versperrt ist. Das Zählwerk der Kamera zeigt 23 Aufnahmen an. Kottan stellt das Tischchen vor den Eingang und nimmt die Kamera ins Auto mit.

Ein paar Häuserblocks weiter findet er eine Drogerie, die mittels Leuchtreklame *Bilderland*-Ausarbeitung anbietet. Der Besitzer des Ladens, ein ständig lächelnder Mann mit gefärbtem Haarkranz, dreht den Film in der Kamera zurück und verspricht, daß die Bilder am frühen Vormittag fertig sein werden. Die Kamera schiebt er über den Ladentisch zurück.

Vor dem Geschäft erwartet Kottan die Passantin mit offenem Mund und ausgestrecktem Arm. Zwei Funkstreifenbeamtc halten Kottan als mutmaßlichen Rowdy kurzfristig fest. Der Major kann sich heute sofort ausweisen. Wirklich ein Glückstag.

Heribert Pilch und Heinz Bauer verlassen zugleich das Sicherheitsbüro. Bauer macht wippende Schritte. Auch in der fortgeschrittenen Dämmerung ist die Vorfeude auf den nahenden Fernsehauftritt nicht zu übersehen und nicht zu überhören.

»Um halb acht soll ich im Studio sein und vorher in der Maske.«

»Maske?«

»Die machen mich ein bißchen schöner«, erklärt Bauer verlegen.

»Noch schöner?«

»Mir dir kann man nicht auskommen«, ärgert sich Bauer. »Sympathisant!«

Ein Blick auf Pilchs Wagen hebt die Stimmung des Stapo-Chefs schlagartig. Auf das linke, hintere Seitenfenster des *Peugeots* hat irgendwer das Zeichen der Atomgegner gesprüht. Pilch versucht das Gemälde vergeblich mit einem Eisschaber von der Scheibe zu kratzen.

Bauer hat es gar nicht mehr eilig und zeigt sich von der mitleidigen Seite: »Geht es nicht weg?«

»Du mich auch«, bellt Pilch, steigt ein und fährt mit aufquietschenden Reifen davon.

7 Schrammels Geschichten (die dritte)[38]

Von da an war Saya der Strich völlig verleidet.
Carina Castello

Nach den letzten Attacken der Presse will Heribert Pilch vorläufig an allen Tatort-Ermittlungen persönlich teilnehmen; zumindest, wenn es sich um Schwerverbrechen handelt. Das Machtwort war vorbereitet und auswendig gelernt, der lautstarke Abgang von Anfang an eingeplant: Der Präsident knallt die Tür zu Kottans Büro von außen zu. Die Milchglasscheibe der Bürotür wird bestensfalls noch ein Machtwort aushalten.

Auf dem Rückweg zum eigenen Büro kommt Pilch am Kaffeeautomaten vorbei, schaut aber stur in eine andere Richtung. Am späten Vormittag hat er, als Installateur verkleidet, vergeblich versucht, dem Automaten einen Becher Kaffee herauszulocken. Der Chef des polizeipsychologischen Dienstes konnte oder wollte Pilchs letzten Traum, in dem er dem Luftangriff eines Automaten mit Insektenflügeln ausgesetzt war, auch nicht deuten.

Im Prunkbüro des Präsidenten ist auf dem Großbildschirm der Kopf eines heruntergekommenen Sängers zu sehen, der wie Kottan aussieht und von Lonelyness stöhnt. Pilch dreht schnell ab. Der leibhaftige Major im Morddezernat genügt ihm. Und nicht nur ihm. Der Präsident kann noch nicht wissen, daß sein Wunsch, an kriminalistischen Ermittlungen teilzunehmen, prompt in Erfüllung gehen wird.

Der Schuß im Hotel *Lamm* ist punkt 19 Uhr 20 zu hören. Das *Lamm* ist eine nicht nur im Viertel bekannte Absteige: ein baufälliges, zweistöckiges Haus. Im Hochparterre und im ersten Stock warten rund um die Uhr ein paar Mädchen und Frauen auf männlichen Besuch. Im Parterre befindet sich auch die kleine Nipp- und Nepp-Bar.

Walter Mörzinger ist überzeugt, daß der Schuß im ersten Stock gefallen ist. Mörzinger, 28, der seit zwei Jahren für den weiblichen Nachschub im *Lamm* sorgt, hat sich vor wenigen Minuten mit einer neuen Errungenschaft zum Test in eines der Parterrezimmer zurückgezogen. Die nicht einmal 16jährige heißt Gerlinde. Mörzinger hat sie beim Südbahnhof aufgegabelt.

Sekunden nach dem Schuß läuft Mörzinger mit nacktem Oberkörper über den knarrenden Brettergang und grell lakkierte Stufen nach oben, wo er auf Evi und Verena trifft, die zur Belegschaft gehören. Ein besoffener, korpulenter Mann kommt mit verschreckten Augen aus dem Waschraum. Evi zeigt zur blauen Tür: Rotkäppchens Zimmer. Rotkäppchen heißt laut Taufschein Ida Nemecek, läßt sich im *Lamm* aber Tamara nennen. Walter Mörzinger reißt die unversperrte Tür auf, läuft ins Zimmer.

Ida Nemecek liegt bewegungslos in ihrem getigerten, kurzen Sackkleid und weißen Netzstrümpfen auf dem Messingbett. Die für sie typische weinrote Pullmannkappe, die ihr den Namen Rotkäppchen eingebracht hat, ist noch auf ihrem Kopf. In der linken Hand hält Ida Nemecek eine Pistole. Anscheinend hat sie sich selbst unterhalb des Kinns in den Kopf geschossen.

Evi kreischt und flüchtet ins Stiegenhaus, Verena läuft zum Telefon in der Portierloge. Der korpulente Kunde will ihr folgen, wird aber vom Portier, der nach oben kommt, am Hosenboden zurückgehalten.

Der erste Wagen der Kriminalpolizei trifft um 19 Uhr 50 vor dem *Lamm* ein. Schrammel hat den Dienstwagen gelenkt. Mit zwei Minuten Verspätung kommt Pilch im Privatwagen und parkt in zweiter Spur. Der Portier auf der Treppe zeigt seine fast weggerauchten Zähne und informiert die Beamten, wer hier gestorben ist. Der Präsident registriert, daß Kottan mit dem Portier, der nach Franzbranntwein riecht, wie mit einem alten Bekannten redet.

»Ist aber nichts für Sie, Herr Inspektor«, erklärt der Portier, als Kottan zur Toten weitergeht. Schrammel widmet dem Portier nur einen trübsinnigen Blick. Seinen belehrenden Satz »Inspektor gibt es keinen« verwendet er nur mehr selten.

Im Hotelzimmer, in dem die Erschossene noch immer auf dem Bett liegt, kann die Polizei nicht viel feststellen. Auf den ersten Blick ist am Selbstmord kaum zu zweifeln, obwohl die meisten Selbstmörder die Waffe aus der Hand verlieren. Die Tote ist Kottan bekannt: eine etwa 35jährige Frau, die noch ein paar Jahre älter wirkte und im Milieu für ihren Spott bekannt war; an den Abenden meistens alkoholisiert, manchmal deprimiert. Aber Selbstmord?

Evi und Verena wollen auch nicht an Selbstmord glauben, obwohl sie selbst bestätigen müssen, daß die kleinkalibrige Schußwaffe zweifellos Ida Nemecek gehört hat. Ein EKF-Beamter nimmt der Toten mit einem Papiertaschentuch die Pistole ab. Evi und Verena regen außerdem an, das Nachtkästchen sofort zu durchsuchen, weil Ida Nemecek dort ihre Einnahmen aufbewahrt hat. Die Lade des Kästchens ist bis auf ein aufgeschlagenes Romanheft (*Meine Heimat ist bei dir*[39]) leer.

»Raubmord«, konstatiert Pilch. Mit diesem Schluß ist er sogar schneller als Schrammel, der die gleiche Feststellung machen wollte. Kottan glaubt, daß das vermutlich gestohlene Geld die Mordversion auch noch nicht sehr wahrscheinlich macht.

»Wer war zuletzt zuständig für das Rotkäppchen?« will Schrammel wissen.

»Zuständig?« fragt Pilch und richtet sein graues Mascherl unterm Doppelkinn.

»Wer bei ihr beteiligt war, will Ihr *Wachter*[40] wissen«, erklärt Evi.

»Ich«, gibt Walter Mörzinger zu. Er zeigt auf wie ein Streber in der Schule. »Weiß-Gott-was war aber mit ihr nicht mehr zu verdienen.« Sein weißer Kopf nickt zur Toten, die jetzt in einen provisorischen Sarg gelegt und abtransportiert wird. Der Kommentar bringt Mörzinger nur einen vernichtenden Blick Verenas ein, die auch schon über 30 ist und im *Lamm* nicht als *Miss* angefangen hat.

Kottan will wissen, wo jeder einzelne um 19 Uhr 20, zum Zeitpunkt des Schusses, war. Evi und Verena sind gemeinsam in einem der vier Zimmer im ersten Stock gewesen. Kurz zuvor hatten sie den korpulenten Herrn, einen Autohändler aus Neunkirchen, in ihr Zimmer gelotst. Der Autohändler Erwin Stainberger ist kurz vor dem Schuß auf die Toilette gegangen. Er ist, was jeder im Hotel weiß, Stammkunde beim Rotkäppchen gewesen und ein paar Minuten nach sieben, was der Portier bestätigt, ins *Lamm* gekommen. Auf sein heftiges Klopfen habe Ida Nemecek nicht aufgemacht, worauf ihn Evi und Verena in ihr Doppelbett umgeleitet hätten. Die zwei Prostituierten bestätigen auch, daß sie unmittelbar nach dem Schuß auf den Gang gerannt sind und ihnen Stainberger vom Waschraum am Ende des Gangs entgegengekommen ist. Ein paar Sekunden später sei auch Mörzinger von unten dazugekommen.

Die zwei anderen Zimmer im ersten Stock gehören Walter Mörzinger und einer Dame, die während der Wintermonate lieber in einem Salzburger Skiort werkt. Ihr Zimmer ist abgeschlossen. In Mörzingers Zimmer schauen sich Kottan und Schrammel kurz um. Kottan registriert ein Tonband, einen tragbaren Fernsehapparat, Staub unterm Bett und Glanzbilder von Kim Basinger an allen Wänden.

Der zweite Stock des Hotels wird nicht benützt, steht leer. Die Flucht eines eventuellen Täters über die Dächer kommt nicht in Frage, weil das Dach des Hotels eine sichere Endstation ist. Das *Lamm* steckt zwischen zwei fünfstöckigen Häusern. Kottan ist mit seinen Fragen am Ende und will gehen.

»Jetzt schon?« Heribert Pilch gibt sich überrascht und empört.

»Bleiben Sie eben«, sagt Kottan und läßt seinen Präsidenten stehen. Pilch verläßt das Hotel auch bald; allerdings nicht, ohne die wesentliche Frage gestellt zu haben, die der Major vergessen hat. Ist die Tote wirklich Linkshänderin gewesen? Die Frage wird von allen mit ja beantwortet.

Am Morgen kommt zuerst ein Anruf der Polizeiärztin. Der Schuß, bestätigt sie, ist jedenfalls aus nächster Nähe abgegeben worden. Der Zeitpunkt des Todes könnte zwischen 19 und 19 Uhr 30 gelegen sein. Noch ein letztes Mal will Kottan an Selbstmord glauben. Der zweite Anrufer versetzt das komplette Dezernat in Aufregung.

Im Labor will einer der Experten aufgrund des sichergestellten Projektils draufgekommen sein, daß bei der Tat ein Schalldämpfer verwendet worden ist. Der Mann vom Erkennungsamt will seine Geschichte auch erklären. Kottan läßt ihn nicht ausreden.

»Ist ein Schalldämpfer im Hotelzimmer gefunden worden?« fragt Pilch.

»Garantiert nicht«, sagt Schrammel. »Und die Verwendung eines Dämpfers bedeutet ja wohl, daß der Schuß nicht gehört werden sollte.«

»Aber jeder im Hotel hat den Schuß gehört!« schreit Pilch, der nicht aus den Dezernatsräumen weicht.

»Einen Schuß haben sie gehört«, sagt Kottan. »Muß nicht *der* Schuß gewesen sein.«

»Was heißt das?«

»Erstens, daß es auf jeden Fall ein Mord war.«

Der Präsident runzelt ungläubig die Stirn.

»Wie könnte eine Selbstmörderin einen Teil der Waffe verschwinden lassen? Zweitens ist anzunehmen, daß der Mord schon etwas früher stattgefunden hat.«

»Wann?!«

»Keinesfalls vor 19 Uhr«, sagt Kottan. »Der Schuß um 19 Uhr 20 war vorgetäuscht, um dem Mörder ein Alibi zu verschaffen.«

»Vorgetäuscht?«

»Ist doch logisch.«

»Nein. Und wer ist der Mörder?«[41]

Kottan grinst. »Der, den Sie jetzt verhaften werden.«

»Und wen werde ich verhaften?«

»Kommt ja nur einer in Frage. Der Mörzinger.«

»Warum nur der?«

»Er hat selber gesagt, daß geschäftlich mit der Nemecek nicht mehr viel los war. Er hat sie um 19 Uhr mit dem Schalldämpfer erschossen und die Waffe ohne Schalldämpfer der Toten in die Hand gedrückt. Zehn nach sieben, als[42] der Staininger geklopft hat, war sie schon tot. Anzunehmen, daß der Mörzinger einen Schuß auf Tonband aufgenommen und es so eingerichtet hat, daß dieser Schuß 20 nach sieben aus seinem Zimmer zu hören war. Sowohl Evi und Renate, aber auch der Staininger im Waschraum haben den Schuß in Rotkäppchens Zimmer vermutet.«

Die Ahnungslosigkeit weicht schön langsam aus dem Gesicht des Präsidenten. Zweifel hat er noch immer: »Werden wir das Tonband finden?«

»Nein, aber Schmauchspuren an Mörzingers Händen.«

»Das Motiv ist ein Schmarren«, erklärt Pilch. »Nur wegen schlechten Geschäftsgangs bringt man niemand um.«

»Wir werden, nehme ich an, noch was finden: das vom Mörzinger geplünderte Konto, auf das die Nemecek ihre wahrscheinlich beträchtlichen Ersparnisse eingezahlt hat. Ist das Motiv genug?«

»Wenn es stimmt.«[43]

8

»Sie haben es gern, nicht gemocht und verachtet zu werden?«
»Verachtet kaum. Zu gefährlich. Nicht gemocht – ja.«

John Collier

Der Seitenspiegel des *Skoda* ist seit Monaten abgebrochen, aber auch im Rückspiegel innen ist der *Golf*, der gestern schon lästig gewesen ist, deutlich zu sehen. In der Felberstraße gibt Kottan, nachdem die Ampel bei der Kreuzung mit der Schweglerstraße auf *grün* gesprungen ist, kurz Gas und bremst gleich wieder ab. Der Golf rumpelt gegen die hintere Stoßstange des *Skoda*.

Aus dem *Golf* klettert ein Mann mit zartem Bart und Astronautenfrisur. Er überreicht unaufgeregt eine Karte der amerikanischen Botschaft.

»Wird geregelt«, verspricht er, fast ohne Akzent. »Mein Boß will mit Ihnen sprechen.«

»Und *so* verständigen Sie mich?«

Der *Golf*-Fahrer beachtet die Geste in Richtung der ramponierten Stoßstange gar nicht. Das Botschaftsauto ist unversehrt.

»Ist dringend.«

»Wer ist Ihr Chef?«

»Oberst Elmore Cadwalline.«

»Kenn ich nicht. Das Telefon ist schon erfunden.«

»Wir sind nicht sicher, daß Sie im Büro keine undichten Stellen haben.«

Kottan versucht ein amüsiertes Gesicht zu zeigen. Der kaputte Nerv läßt nur eine gequältes Grinsen zu. »So geheim soll das Gespräch sein.«

»Wir wollen jedenfalls ausschließen, daß irgendwer mithört.«

»Dafür gibt's in Wien nur eine Möglichkeit. Seit Jahrzehnten erprobt.«

Schrammels Termin beim Richter ist eine Tortur. Zuerst muß er eine Stunde warten, dann wird das Gespräch zweimal unterbrochen. Zuletzt hat Schrammel eine umfangreiche, unübersichtliche Liste mit Namen, die Weywoda in den letzten Wochen genannt hat. Gegen ein paar der Genannten sind mittlerweile Erhebungen oder Vorerhebungen eingeleitet worden. Große Kaliber sind, bedauert der Richter, mit Weywodas Hinweisen nie erwischt worden. Der Ermordete hat mit dosierten Informationen die drohende Haft vor sich hergeschoben.

Ein unergiebiger Tag. Am liebsten würde Schrammel sein Sparschwein schlachten und die längst fällige Nachtstreife in einem Nichtraucher-Taxi absolvieren. Er kann widerstehen und läßt zwei Kapitel seines sündigen Romans aus der Füllfeder fließen.

Der Amerikaner, der das Gespräch vermittelt hat, sitzt trotz der mäßigen Temperatur auf dem Platz vor dem Riesenrad. Oberst Cadwalline ist ein parfumierter Mann in einem zerknitterten Anzug. Im hochschaukelnden Waggon sechs will er, bevor er zu reden beginnt, Humor beweisen. Er zückt eine Taschenbuchausgabe von Graham Greene: *Der zehnte Mann.*[44]

»Der dritte ist vergriffen«, sagt er, bevor er nostalgisch wird. »Harry Lime muß etwa hier gestanden haben.«

»Orson Welles«, sagt Kottan. »Geht's um Klinger?«

»Ich bin für seine Sicherheit verantwortlich.«

»No«, sagt Kottan. »Ich bin verantwortlich.«

»Sie glauben also auch an ein mögliches Attentat?«

»Haben nicht Sie der Stapo die Hinweise zugespielt? Aber Hinweise gibt's bei jedem Staatsbesuch.«

»Was macht die Stapo?«

»Was sie immer macht. Sie setzt viele Leute ein.«

»Kann man einen Anschlag ausschließen?«

»Niemand kann das. Wir müßten überall sein, und überall ist bei uns nur die Post.« Cadwalline versteht die Anspielung nicht. »Wissen Sie, daß der *CIA* bei uns nicht machen kann, was er will?«

»Seit wann nicht? Halten Sie mich auf dem Laufenden?«
»Ich denk nicht dran.«

Heinz Bauer sitzt zur Probe auf dem Ledersessel, auf dem er nachher für die Zuschauer sitzen soll. Eine kleine Frau mit hohen Schuhen tupft noch in seinem Gesicht herum, das auch ohne Scheinwerfer zum Schwitzen neigt.

»Meine Frisur lassen Sie in Ruhe!«

»Frisur?« staunt die TV-Gesichtspflegerin. »Sind doch nur Haare.«

Zwischen den Kontrollmonitoren taucht der Regisseur auf, der seine Belehrung leiert: »Schauen Sie nachher immer den Interviewer an oder in Ihre Kamera. Das ist die da. Drehen Sie sich keinesfalls zum Monitor um. Das schaut blöd aus.«

»In Ordnung.«

»Sagen Sie uns was?«

»Was?«

»Egal. Ist nur ein Mikrotest.«

Bauer richtet sich auf, starrt in die Kamera: »Achtung, Sprechprobe. Was ist das Sicherheitsbüro? Die Abwesenheit der Vernunft. Ist das laut genug?«

Der Major betritt sein provisorisches Zimmer im *Adlon.* Das Kugellicht beim Spiegel über der Waschmuschel hängt er mit einem Handtuch zu. So hat er es früher auch gemacht, wenn ihm das Licht bei Treffen mit kaum bekannten Frauen zu grell war. Neben dem Bett steht ein Telefon. Bei dem können aber nur Nachrichten vom Portier empfangen werden. Der ruft aber nur Mieter an, die für eine Stunde bezahlt haben und nach einer halben Stunde noch nicht fertig sind. Im Radio läßt sich Elvis Presley über mehrere Damen aus: *Josephine, Long Tall Sally, Miss Clawdy* und *Proud Mary.*

Unten im Lokal hat Kottan zu Hause angerufen. Ilse ist

selber am Apparat gewesen und hat den Dialog kurz gehalten.

»Ich weiß, was du willst«, hat sie gesagt. »Mit mir reden.«

»Was hältst du davon?«

»Wir werden reden.«

»Jetzt?«

»Am Montag.«

Kottan, der sich von da an bestenfalls mit dem Besetztzeichen unterhalten hätte können, hat kein zweites Mal angerufen. Er weiß, daß Ilse jetzt stundenlang nicht abheben wird. Am Montag ist der erste Termin zur Scheidungsverhandlung angesetzt. Den blauen Brief, der ihm das Datum verraten hat, trägt der Major seit fünf Wochen in seiner Lederjacke. Kottans Mutter hat längst ein eigenes Telefon mit Geheimnummer, damit sie ihren privatkriminalistischen Pflichten nachkommen kann. Nicht einmal zum versprochenen Essen hat sie sich, nachdem sie seine größte Blamage und Ilses Ableben verhindert hat, einladen lassen.[45]

Renate Murawatz hat ihm einen Zettel geschrieben, daß sie heute schon gegen elf vom Dienst zurückkehren will. Kottan ahnt, daß er, auch wenn er jetzt fest einschlafen sollte, kurz nach elf an ihrer Tür kratzen wird.

Josef Janscher hat sich immerhin zu einem gemeinsamen Besuch der *Eden*-Bar überreden lassen. Er weiß zwar, daß dort Krawatten- und Sakko-Zwang angesagt ist, aber eine längst verwehte, in der Erinnerung immer noch angenehme Eroberung hat ihn vor 15 Jahren in die Bar verschleppt. Seither taucht er gelegentlich hier auf, obwohl ihm die Preise ein Greuel sind.

Die Stimmung ist wie immer. Drei Tische sind mit lokaler Prominenz besetzt. Die führende FPÖ-Frau tanzt mit dem führenden Tier-TV-Moderator. Die Kindertante der Nation tanzt mit dem Baulöwen der Saison. Der führende Gesell-

schaftskolumnist schenkt sich aus der vom Inhaber gewidmeten Whiskey-Flasche nach, ohne sich um das Treiben zu kümmern. Die weniger prominenten Gäste fallen durch besonders ausgelassenes Tanzen auf.

Der drahtige, italienische Sänger der Band hat alle Standards, die in eine Bar passen, perfekt drauf. Ein paar aktuelle Nummern streut er ein. Immer wieder geht er mit seinem kabellosen Mikrophon von Tisch zu Tisch und sammelt Musikwünsche ein. Janscher *rächt* sich für das sinnlose Treiben. Auf der gepolsterten Bank würfelt er mit Hermann Roth, dem er eine Lederkrawatte geborgt hat. Würfeln ist hier, zumindest bei anonymen Gästen, verboten. Die erste Partie geht um die Flasche Sekt, die auf dem Tisch steht. Brigitte, zumindest ist das der Name, den Janscher Hermann Roth genannt hat, pendelt auf der Tanzfläche zwischen einem dänischen Fußballspieler und einem Sportjournalisten aus Purkersdorf.

»Der Sekt geht auf dich«, verkündet Janscher, als er eine *Straße* im letzten Moment serviert.

»Und jetzt?« Der Deutsche serviert fünf Damen.

»Schwindelst du?«

»Mit deinen Würfeln?«

»Revanche?«

»Was willst du setzen? Die Schwester?«

»Hab ich Schwester gesagt? Krankenschwester vielleicht.«

Roth bemerkt, daß der Sportjournalist Brigitte im Stich läßt, um sich einer fast handgreiflichen Diskussion mit einem Zeitungsherausgeber zu stellen, der Roth völlig unbekannt ist.

»Ich kümmere mich kurz um die andere Hälfte des Vereins«, sagt Roth und steht auf.

»Ich muß dich warnen«, sagt Janscher, der die Tabelle für die Revanche vorbereitet. »Sie führt beim Tanzen.«

»Bei euch anscheinend auch.«

Roth zielt zur Tanzfläche. Der Sänger wollte sich gerade um Brigitte kümmern, nimmt aber Roths Bestellung *New York, New York* auch entgegen.

Bei der Theke steht heute ein Fernsehapparat, weil die TV-Premiere eines Films bevorsteht, in dem der Inhaber der Bar auf der Liste der Mitwirkenden steht. Der Stapo-Chef, der eine kleine Rede halten darf, interessiert Janscher, der vom Klo kommt, allerdings mehr. Bauer hat die Hinweise des Regisseurs längst vergessen, wippt mit dem Oberkörper und schaut immer wieder zur Seite.

»Meine Damen und Herren. Am Samstag trifft Robert Klinger, stellvertretender Außenminister der Vereinigten Staaten, zu einem zweitägigen, offiziellen Besuch in Österreich ein. Wir haben leider den dringenden Verdacht, daß auf Minister Klinger ein Attentat geplant ist. Wir vermuten auch, daß die in Frage kommenden Täter schon im Land sind.«

Ein algerischer Diplomat, seit zehn Jahren in Wien, kommentiert dem Oberkellner: »Ausländer, eh klar.«

»Wir ersuchen Sie dringend um Hinweise. Hat sich in Ihrer Nachbarschaft in letzter Zeit etwas geändert? Sind Ihnen unbekannte Leute eingezogen, die wenig Wert auf Kontakt legen? Wenden Sie sich mit Wahrnehmungen auch anderer Art an jede Polizeistelle. Wir sind auf Ihre Hilfe angewiesen.«

»Die bringen mit sowas die Leute erst auf die Idee«, glaubt ein betrunken lächelnder Textilhändler.

Janscher kehrt zufrieden an seinen Tisch zurück. Das Haus in der Hüttelbergstraße gehört ihm seit Jahren, und die Nachbarn wissen, daß er selten da ist. Auch Roth und Brigitte haben das Ende der Rede mitbekommen.

»Nervös?« sagt Roth.

»Nein. Gehen wir ein Haus weiter?«

»Was ist dort besser?«

»Die haben Séparées.«

»Kenn ich nicht.«

»Sowas wie ein Schlafzimmer mit Bedienung. Schwebt dir das vor?«

»Vielleicht.«

»Verschwind.«

9

Die Hauptsache war noch immer nicht geklärt
und machte mir viel Kopfzerbrechen.
Daniel Defoe

Die *Bilderland*-Tafel der Drogerie ist auch am Morgen beleuchtet. Der Drogist überreicht das Mäppchen mit den fertigen Fotos.

»Kontrolle?« sagt er und schaltet eine winzige Tischlampe neben der Kassa ein.

Kottan will die Bilder nicht im Geschäft durchschauen, zahlt und nimmt sich die fotografierten Köpfe, die durchaus scharf getroffen sind, im Auto vor. Auf dem letzten Bild ist unverkennbar Birker zu sehen, auf dem vorletzten ein offenbar großer, schwarzhaariger Mann, Anfang 30. Wenn das der Schütze gewesen ist, wird nicht einmal ein Trick notwendig sein, um ihn zu überführen. Falls ihn Birker wiedererkennt, kommt das Bild in die Zeitung. Irgendwer wird ihn schon kennen.

Kottan schlägt noch nicht den Weg zum Sicherheitsbüro ein. Vorher muß er Anton Birker die Bilder unter die Nase halten. Während er an verschiedenen Kreuzungen wartet, mustert Kottan die Kollektion der Typen. Daß er unter den abgelichteten Männern einen Beamten vom *Gift* und einen im letzten Jahr noch anerkannten Austro-Popsänger findet, wundert ihn nicht.

Um zehn braucht Birker, der heute schon auf eigenes Risiko seinen Gehgips bekommt, keine zehn Sekunden, um aus den 23 Bildern das Bild mit der Nummer 22 herauszufinden. Und wieder eine Frage der Zeit?

Schremser sitzt im Büro Pilchs auf dem bequemsten Stuhl für Gäste. Der Präsident will über das mediale Echo seines Bruders auf kurzem Weg aufgeklärt werden.

»Haben Sie den Bauer gesehen?«

»Ja. Statistisch betrachtet muß heutzutage jeder im Lauf seines Lebens zweimal den Beruf wechseln.«

»Was hat das mit dem Fernsehauftritt zu tun?«

»Er könnte endlich anfangen damit.«

Der Dezernatsleiter ist von Heribert Pilch nie begeistert gewesen, aber Heinz Bauers Qualitäten sind ihm ganz verborgen geblieben.

»Ist bei den Autos was herausgekommen?«

»Die Leihwagenfirmen sind bis jetzt totale Fehlanzeige. Zur Zeit: keine überfälligen Wagen. Bei den gestohlenen Autos schaut es besser aus.«

»Wie besser?«

»Die Funkstreifen sind mit den aktuellen Kennzeichen-Listen unterwegs.«

Polizeiliches Glück ist nur ein anderes Wort für Zufall. Die kriminalistische Glückssträhne, die Kottan heimsucht, ist noch nicht zu Ende. Den vorläufigen Höhepunkt setzt Schrammel, als Kottan das Bild des Täters schon für die Zeitungen und Agenturen vervielfältigen will. Schrammels rechter Zeigefinger landet auf dem Bild 22.

»Kennst du den?«

»Nein«, sagt Schrammel.

»Dann nimm die Pfote aus seinem Gesicht.«

»Ich weiß, wo er jeden Tag zu Mittag ißt.«

»Na?«

»Im *Polonius.*«

»Wenn du jetzt noch weißt, wo der Saftladen ist, muß ich dich küssen.«

»Neben dem *Saftladen.*« Vom *Saftladen* hat Kottan wenigstens schon gelesen: ein kleines Lokal, in dem nur nichtalkoholische Getränke serviert werden. Schrammel versteht noch nicht: »Wer ist der schöne Mensch?«

»Der doppelte Mörder.«

»Wir verhaften ihn beim Mittagessen?«

»Nachher. Der muß sich nicht bei uns den Magen vollfressen.«

13 Uhr. Kottan zerrt Schrammel an den geputzten Stammtisch der Neon-Gaststube, in der es nach Staub und Gulasch riecht.

»Gulasch ist das beste, was man hier kriegen kann«, beteuert Schrammel und fixiert den dunklen Mann, den er hier oft und oft gesehen hat.

»Geht es noch auffälliger?« fragt Kottan.

Das verständnislose Gesicht des Assistenten lenkt ab: »*Polonius* ist ein seltsamer Name für ein Wirtshaus.«

»Nicht, wenn du den Wirt siehst«, sagt Kottan, der beim Eintreten den Wirt hinter den gestapelten Kaffeetassen gesehen hat.

»Was ist dann?«

»Dann weißt du, daß der Name nicht ganz falsch ist.«

Der Wirt tritt durch den italienischen Vorhang heran, vertreibt die Beamten nicht vom Stammtisch und sammelt die Bestellungen ein, bevor er sich zum Eisschrank hinter der Theke zurückzieht.

»Der schaut aus wie eine Ratte«, gluckst Schrammel.

»Eben.«

»Ist Polonius ein Rattenname?«

»Der beste. Und die Ratte da drüben stellen wir jetzt.«

»Warum?« sagt Schrammel, der mit Hundezunge auf sein Sodawasser wartet.

»Weil er schon bei der Roulade und beim Kaffee ist«, sagt Kottan. »Du sicherst den Ausgang.«

Der Major steht auf, nimmt dem Wirt das bestellte Bier vom Tablett und steuert den Tisch seiner Wünsche an.

»Besetzt«, grunzt der Schwarzhaarige.

»Manchmal gibt's nach der Nachspeise noch eine Nachspeise«, sagt Kottan und nimmt am Tisch Platz. »Ich lade Sie ein.«

»Ich spucke auf Menschenfreunde.«

»Bin auch bestimmt keiner.«

Kottan legt das Bild auf dem Tisch, auf dem der anonyme Mörder sich unschwer selber erkennen kann.

»Was ist mit dem Schnappschuß?«

»Nur ein Beweisstück«, erklärt Kottan und richtet seine Dienstpistole auf den Mann gegenüber. »Hände auf den Tisch.«

»Bezahlen Sie so Ihre Mahlzeiten?« Harry Russ begreift noch nicht, daß er erledigt ist, legt aber die Handflächen neben seine geleerte Kaffeeschale.

Kottan steckt die freie Hand ins Sakko seines Tischgesellen. Und noch einmal scheint er Glück zu haben: Er bringt einen Revolver zum Vorschein. Womöglich den, mit dem zwei Leute erschossen worden sind?

»Sie sind verhaftet, Harry.« Kottan legt seine Marke auf den Tisch. »Welchen Familiennamen darf ich auf den Haftbefehl schreiben?«

»Keinen.«

Schrammel hat sicherheitshalber auch seine Waffe gezogen, falls im Lokal irgendjemand für den Stammgast rettend eingreifen will. Dem Wirt sagt er eine Telefonnummer an, nimmt dann selber den Hörer und bestellt einen Wagen.

14 Uhr. Der Fall mit Zufall löst sich selbst. Harry Gruss gibt im Dezernat, ohne die Erkenntnisse des Erkennugsdienstes bezüglich seiner Waffe abzuwarten, zu, daß er Robert Weywoda und Manuela Nickel erschossen hat. Robert Weywoda, sagt er, hat einfach seinen lebensgefährlichen Hang zum Tratschen nicht ablegen können. Die Nickel, dem Ex-Mann kaum mehr verbunden, wollte dann auf billigste Weise erpressen. Daß der dritte Mord schon beschlossen war, erzählt Gruss auch noch und nennt den Namen des Opfers: Peter Stotz. Schrammel quietscht auf, weil das der Name des Richters ist, mit dem er sich gestern mühsam unterhalten hat.

»Was ist los mit dem?« sagt Kottan.

»Auch ein Erpresser.«

Kottan begreift ohne nachzufragen. Der Richter hat Weywodas ansatzweise Informationen über das illegale Spiel in den Clubs nicht für Erhebungen, nur für eigene Forderungen benutzt. Die Liste, die Stotz Schrammel gegeben hat, ist das beste Beweisstück: Harry Gruss steht gar nicht drauf. Stotz wollte freie Hand fürs Inkasso haben. Daß Weywoda selber wahrscheinlich nicht viel über die Spielclubs und die Hostessenbuden gewußt hat, ist anzunehmen.

Um 15 Uhr setzen der Erkennungsdienst und der humpelnde Birker den Schlußpunkt. Der Leutnant hat keine Zweifel an der Identität des Schützen, Sonja Krbavec bestätigt, daß mit der Waffe von Gruss in den letzten Tagen viermal geschossen worden ist.

20 Uhr. Birker will endlich dort aktiv werden, wo es von ihm erwartet wird. Nachdem die meisten Beamten das Sicherheitsbüro verlassen haben, versucht er die verwandte Seele in Schrammel anzusprechen.

»Ich hab was Geiles für uns. Dienstlich.«

»Was schon?«

»Ich hab mir alle Aufrufe für die Demonstrationen gegen den Ami angeschaut. Ein Verein in der Linzer Straße gehört dazu. Zwei der Vorstandsmitglieder kenn ich. Die waren vor zwei Jahren bei den Ausschreitungen vorm Amerikahaus dabei.«

»Ich kann mich nicht erinnern.«

»Fenster zerstört und drei Kollegen lädiert.«

Sogar Schrammel zweifelt an der Argumentationskette.

»Wer Polizisten angreift, schießt auch auf amerikanische Politiker?«

»Denkst du was anderes?«

»Wie heißt dein Verein?«

»*Rufzeichen.*«

»Vereinszweck?«

»Die Bewahrung der deutschen Grammatik vor Überfremdung.«

»Was?«

»Im Ernst. Steht auf jeden Fall in den Statuten. Willst hinfahren mit mir?«

»Jetzt?«

»Willst erst am Samstag hin?«

Schrammel reinigt mit einem Staub-Roller sein dunkles Sakko, bevor er es anzieht.

»Das *Rufzeichen* ist kein Nachtklub«, sagt Birker.

Schrammel lenkt, ohne sein Führerscheinproblem zu wälzen, den *Colt* stadtauswärts.

»Langsamer«, sagt Birker. »Da vorn ist es schon. Ich kenn es vom Vorbeifahren.«

Schrammel läßt das Auto vor dem Ecklokal ausrollen. Auf der Tafel über dem Eingang prangt wirklich ein lakkiertes Rufzeichen. Als der *Colt* endgültig steht, geht im Lokal das Licht aus.

»Das hab ich erwartet«, sagt Birker.

»Die haben uns erwartet.«

»Was schlägst du vor?«

Schrammels Kopf versinkt zwischen seinen Schultern. »Ich bin für kein Risiko.«

»Abgelehnt.«

»Du wirfst dich gegen die Tür, brichst sie auf und dir noch den Oberarm dabei. Ich trete auf und schreie *Miami Vice*!«

Birker hört die letzten Worte Schrammels gar nicht mehr. Er ist ausgestiegen und beeilt sich humpelnd auf den Eingang zu. Die letzten Meter läuft er fast, will anscheinend wirklich mit der rechten Schulter auf die Tür losgehen. Die

Tür wird aber jäh geöffnet, Birker poltert ins Lokal, in dem wieder Licht gemacht wird. Er blutet von der Stirn.

Im *Rufzeichen* befindet sich nur ein Pärchen in leichten Mänteln. Eingeheizt ist nicht.

»Wir wollten eben gehen«, sagt der junge Mann. »Außerdem war ohnehin offen.«

»Ihr seid alle verhaftet!« schreit Birker, noch auf dem Boden. Er schaut sich mit geisternden Augen um, weil er nicht glauben kann, daß sich hier nur das mickrige Pärchen versammelt hat. »Alle!«

»Fetzenschädel«, sagt das Mädchen.

»Kannst du das auch schreiben?«

Jetzt taucht Schrammel vorsichtig in der Tür auf. Der junge Mann begrüßt ihn höflich: »Mitglieder nehmen wir nur vormittags auf.« Er krault dem benommenen Birker die spärlichen Kopfhaare. »Ist das ein Kollege von Ihnen?«

»Ja.«

»Der hat Lasagne im Hirn.«

»Das Lachen vergeht dir noch«, droht Schrammel.

»Oder Ihnen.«

Jetzt schlägt der stöhnende Birker einen spöttischen Ton an: »Haben wir Freunde bei der Polizei?«

»Nur Verwandte«, behauptet das Mädchen.

10

Aber was ich wirklich liebe,
das ist die freie Natur.
Sinclair Lewis

Als die Sekretärin den Weg frei gibt, stürmt Heinz Bauer das Büro Kottans. »Ich hab auf Sie gewartet«, sagt Kottan ruhig und legt die Zeitung, in der er die Europacup-Ergebnisse studiert hat, auf seinen Schreibtisch.

»Damit können Sie schon wieder aufhören.«

»Und Sie brauchen sich gar nicht erst hinsetzen.«

»Darf ich nicht?«

»Sie gehen gleich wieder.«

»Haben nicht Sie mich dringendst herübergebeten?«

»Ihr Leutnant Birker denkt immer weniger. Heute schon weniger als morgen.«

In Bauers Gesicht flackert ein verstehendes Lächeln. »Wegen gestern? Ist er allein unterwegs gewesen?«

»Nein. Aber ihm ist der Mist eingefallen. Wie kommt Ihr Sohn in den verdächtigen Verein?«

Bauer stellt sich schon dumm: »Wieso verdächtig?«

»Stimmt eigentlich«, gibt Kottan zu. »Die Sache ist einwandfrei – ein Bildungs- und Sportverein für junge Nazis.«

»Sie übertreiben nur und lenken ab! Mein Sohn ist alt genug. Für ihn ist das so eine Art Lehre dort. Der Verein ist drittklassig und harmlos.«

»Ist er nicht. Sie glauben ihm, weil Sie ihn gern haben.«

»Na und?«

»Ich hab ihn nicht gern! Zugegeben, ich kann mir eventuelle Attentäter nicht bei den nationalen Demonstranten vorstellen und bei den linken auch nicht.«

»Das zumindest ist voreilig.« Kottan läßt ein Blatt auf seinen immer noch stehenden Gast zuflattern. »Was ist das?«

»Ein Telex. Über Interpol haben wir erfahren, daß *die Narbe* wahrscheinlich in Österreich ist.«

»*Narbe*? Ist mir kein Begriff.«

Kottan läßt ein blasses Funkbild folgen, auf dem Josef Janscher zu sehen ist. Im Telex und auf dem Bild ist er allerdings mit seinem richtigen Namen Hugo Obrecht genannt.

»Wo hat er die Narbe?«

»Es gibt keine. Er hat aber zweimal welche hinterlassen.« Kottan streicht mit dem Zeigefinger an seinem Hals entlang. »Ein Profi ist das, in Wien geboren, aber jahrelang im Ausland gewesen.«

»Und ausgerechnet jetzt hat der Heimweh?«

Kottan hat keine Hemmungen, Oberst Cadwalline in der Botschaft anzurufen. Cadwalline hofft zu früh: »Sie haben sich zu Koordination durchringen können?«

»Nein.«

»Im Ernstfall stehen wir uns gegenseitig im Weg.«

»Sie können ja wegbleiben.«

Cadwalline wird am Telefon pathetisch statt ärgerlich: »Die Welt schaut uns zu.«

»Was geht mich die ganze Welt an? Einen Namen wollte ich Ihnen eigentlich nur sagen.«

»Bitte.«

»Hugo Obrecht.«

»*Die Narbe*? Ist er in Wien?«

Wenigstens sind die Amerikaner besser informiert als die Stapo. »Hab ich eine Frage gut?«

»Kann sein.«

»Wieviele Sicherheitsleute bringt der Minister mit?«

»100. Warum?«

»Ich will nur wissen, wieviele Figuren uns im Weg stehen werden.«

Hermann Roth hat es bei Brigitte in der Villa doch noch geschafft, wird aber plötzlich gestoppt. Während er von den Brüsten Richtung Nabel lecken will, faßt ihn eine Hand am Haaransatz. Roth dreht sich trotzdem kräftig um. Ein Haarbüschel bleibt zwischen Janschers Fingern.

»Willst du den eifersüchtigen Bruder spielen?«

»Nein«, bleibt Janscher kühl. »Du bist in zehn Minuten eine Wolke.«

»Warum?«

»Weil ich es sage! Von mir aus kannst du mit der Madame an die Riviera fahren. Nachher!«

»Danke«, grinst Brigitte.

»Es hat doch einen verdammten Grund, warum wir in Wien zwei Adressen haben.« Roth steigt aus dem Bett, will was sagen. »Und ich hab null Interesse, mir deinen Erklärungsdreck anzuhören!«

»Wäre aber kurz ausgefallen. Meine Arbeit ist erledigt.«

»Der Stoff ist schon plaziert?«

Roth nickt, sammelt seine Kleider ein und geht zur Tür. »Bis bald.«

»Legt niemand Wert drauf.«

Schremser fährt mit dem Paternoster in den zweiten Stock. Schrammel hat ihn in der Kantine ausrufen lassen, weil sich eine vermutlich objektiv wichtige Zeugin gemeldet hat. Die Frau, die in einer Moschuswolke im Büro sitzt, heißt Sissi Kroneisl, ist 56 und will die Bewohner ihres Nachbarhauses denunzieren: »Die haben den ganzen Tag die Rollos herunten, und einkaufen darf ich ihnen auch nicht.«

»Wegen der vagen Geschichte brichst du mein Essen ab?«

»Ausreden lassen«, sagt Schrammel.

Sissi Kroneisl zirpt weiter: »Und der junge Mann, den sie heute im Fernsehen gezeigt haben, der wohnt auch bei mir nebenan.«

»Wo ist das?«

»Hüttelbergstraße 23c.«

Bei der Adresse kommen Schremser und Kottan zu spät. Ein paar Stapo-Männer, von Bauer geleitet, sind zwei Minuten früher eingetroffen. Die Aktion läuft schon: Fenster werden eingeschlagen, Tränengaskapseln werden ins Haus geworfen. Brigitte, die über den Garten Richtung Bujattigasse flüchten will, kommt nur fünf Schritte weit.

Nach zehn Minuten taumelt Janscher hustend und spukkend mit erhobenen Armen aus der Villa. Bauer erkennt *die Narbe* sofort und rammt dem zufälligen Deckungsnachbarn den Ellbogen in den Bauch: »Der gibt auf! Wie im Bilderbuch!«

Bauer verläßt die Deckung, eilt Janscher entgegen.

»Sind Sie allein?«

»Ja.« Als Bauer nah genug ist, reißt ihn Janscher zu sich und setzt ihm ein abgesägtes Gewehr an, das unter seiner Jacke war. »Und jetzt wirst du mir einen Wagen aufstellen!«

Bauer schreit: »Keine Rücksicht nehmen!«

»Wenigstens hat er Mut«, sagt Kottan zu Schremser, die hinter Kastanienstämmen Deckung gefunden haben.

Janscher gibt auf, weil er gegen das Großaufgebot lieber nicht antreten will. Er wirft das Gewehr ins Gras. Bauer sinkt in einen nassen Laubhaufen.

Bis zur Pressekonferenz zwei Stunden später ist Bauer wieder hergestellt. Pilch will auf Anraten von Schremser und Kottan an dem unvermeidlichen medialen Triumph nicht teilnehmen. Bauer versteht die Haltung nicht, wird sie ihm aber nicht ausreden. Schremser nennt zwei Gründe, die gegen eine zu frühe Siegesfeier sprechen. Erstens hat die Nachbarin zweimal einen Gast gesehen, zweitens sind zwei oder mehr voneinander unabhängige Täter bei Anschlägen dieser Art durchaus üblich. Die ohnehin getroffenen Vorsichtsmaßnahmen will nicht einmal der feiernde Stapo-Chef zurücknehmen, bis Bob Klinger an- und wieder abgereist ist.

11 Schrammels Geschichten (die letzte)[46]

Ich stand da eine lange, lange Zeit, wie es schien, und sah dem Nichts nach. Es war nichts da, dem ich hätte nachsehen können.

Raymond Chandler

Wieder so ein unaufregender Nachmittag im Sicherheitsbüro. Dezernatsleiter Schremser und Major Kottan haben sich fast zwei Stunden dem elektronischen *Mensch ärgere dich nicht* gewidmet. Kottan hat bei dem Spiel nach wie vor keine Chance. Schrammel wischt Staub von seiner Dienst-*Glock*[47], während er einen blutigen Rachefeldzug Mike Hammers in einem Taschenbuch folgt. Schrammel weiß nicht, daß sich in seiner Waffe seit Wochen nur Platzpatronen befinden: eine ausnahmsweise gemeinsame Entscheidung von Pilch und Kottan. Schrammel hatte ja kürzlich den Polizeipräsidenten im Dienstwagen zum zweiten Mal angeschossen. Der Vorfall ist selbstverständlich vertuscht worden. Schrammel pfeift, während sich Mike Hammer zwischendurch um eine stattliche Blondine kümmert, ein optimistisches Lied. Daß Optimisten Rohmaterial für Friedhöfe sind, erzählt ihm Kottan nicht.

Kurz vor 16 Uhr meldet sich der Obdachlose Erwin Drballa[48] telefonisch. Wieder einmal kann er mit einer Leiche aufwarten.

Schrammel stöhnt gequält auf, weil er schon in seinem fünffärbigen Trainigsanzug fürs abendliche Joggen steckt. Jetzt hat er keine Zeit mehr, sich in einen Kriminalbeamten in Anzug und mit Krawatte zu verwandeln.

Die Leiche liegt in einer Tischtennishalle im neunten Bezirk, ist männlich, ungefähr 50. Drballa erwartet die Kriminalbeamten beim Eingang. Er will Kottan von seinem lauwarmen Magenbitter aus der Flasche kosten lassen.

»Was machst du ausgerechnet in einer Tischtennishalle?« will Kottan wissen.

Drballa antwortet wie meistens mit einem Auszug aus seinen frei erfundenen Memoiren: »Ich bin früher selber Tischtennisspieler gewesen. Sogar die chinesischen Stars haben vor mir zittern müssen. Ich wollte nur die lang vermißte Tischtennis-Luft schnuppern.«

Der Dezernatsleiter beendet den Dialog gleich wieder und schickt Drballa weg. Der Obdachlose bedankt sich sogar dafür. Um 17 Uhr soll er schon in einer Turnhalle in der Nähe sein. Er leitet da angeblich einen Gymnastikkurs für Versehrte. Schremser kann ja, Interesse vorausgesetzt, bei Gelegenheit einmal vorbeikommen.

Die Tischtennishalle besteht aus einem großen, zentralen Raum und einzelnen Tischtenniszimmern. Der Tote befindet sich in Zimmer drei. Er heißt Alfred Slucik und hat mit dem etwa gleichaltrigen Roman Melbinger ab 15 Uhr Tischtennis gespielt. Melbinger ist ein dürrer Graukopf, der mit leeren Katzenaugen auf einer Bank sitzt. Er streckt den rechten Arm zur seitlichen Tür aus.

»Um halb fünf hat wer die Tür aufgemacht und sofort geschossen.«

Schrammel entschlüpft eine Frage. »Auf den Slucik?«

»Auf mich nicht. Den Schützen hab ich nicht gesehen, weil ich mich sofort um den Slucik gekümmert hab. Dem war nicht mehr zu helfen.«

»Und?«

»Auf den Gang hinaus hab ich mich erst nach fünf Minuten getraut.«

Schremser notiert die Antworten auf die üblichen Fragen, die von ihm und dem Major gestellt werden. Schrammel, im hier durchaus angebrachten Trainingsanzug, stellt keine Fragen mehr. Er starrt Melbinger an, den er schon jetzt für einen professionellen Leugner hält.

Zuletzt wissen die Beamten nicht viel: die Adresse des Toten, der verheiratet war. Mit Melbinger hat er oft, aber nie zu bestimmten Terminnen Tischtennis gespielt. Die Halle ist zur Tatzeit nicht frequentiert gewesen. Die beiden Schüsse haben nur Drballa, Melbinger und zwei Schüler in Zimmer sieben gehört, die aber auch erst nach einer Viertelstunde mutig genug waren, das Zimmer zu verlassen.

Als die Beamten des Morddezernats endlich abziehen wollen, kommt Sonja Krbavec vom Erkennungsdienst aufgeregt und mit verschwitzen Brillen an. Sie hat die mutmaßliche Tatwaffe gefunden: einen kleinen Wehrmachtsrevolver, der in einem Straßenschuh Melbingers in der Garderobe versteckt war.

»Ich hab den Vogel ja gleich in Verdacht gehabt«, sagt Schrammel.

Im Sicherheitsbüro, in der Nähe des Kaffeeautomaten, trifft Kottan auf den Polizeipräsidenten. Der Automat zieht Heribert Pilch immer noch magnetisch und magisch an, obwohl er Pilch nicht einmal im Ausnahmefall einen Becher mit Kaffee zukommen läßt. Der Präsident hat anscheinend gewartet. »Was ist das für ein Fall?«

»Ein Mordfall«, sagt Kottan, nicht gesprächswillig, und will weiter.

»Aha«, sagt Pilch.

»Die Ermittlungen laufen.«

»Wohin?«

Kottan schweigt. Schrammel läuft im Trainingsanzug vorbei und die Stiegen hinunter, um sein persönliches Fitneßprogramm einzuhalten. Das Verhör mit dem Verdächtigen führt Schremser allein. Er ist früher berüchtigt dafür gewesen, die Geständisse zu bekommen, die er sich vorgenommen hatte. Seine Krücken waren in der lokalen Unterwelt gefürchtet. Seit er Dezernatsleiter geworden ist, agiert er etwas zurückhaltender.

»Gehen Sie auch schon nach Hause, Kottan?«

Pilch hält den Major am rechten Ärmel der Lederjacke zurück.

»Nein. Ich rede noch mit der Frau des Mordopfers.«

»Die nehmen Sie sich wohl allein vor?«

»Ja.«

»Typisch«, knurrt Pilch.

»Sie ist über 50.«

»Ihre bevorzugte Altersgruppe ... bei Damen«, meint der Präsident und amüsiert sich gleich königlich über seinen außerordentlichen Einfall.

Kottan läßt Heribert Pilch stehen, begibt sich im Paternoster in die Tiefe. Der Präsident bleibt allein auf dem Gang zurück, nähert sich dem roten Kaffeeautomaten, opfert aber doch keine Münze. Er nimmt auch sonst keine Automaten mehr in Anspruch. Vermutlich würde sogar die letzte Musikbox Pilch ihre Schlager verweigern.

Frau Slucik wohnt im ersten Stock einer neuen Wohnhausanlage beim Brigittaplatz. Im polierten Stiegenhaus fällt Kottan ein jüdischer Witz ein, in dem auch jemand eine Frau vom plötzlichen Ableben ihres Mannes verständigen soll. (»Bin ich hier richtig bei der Witwe Slucik?« »Ich bin keine Witwe.« »Wollen wir wetten?«)

Die ungeschminkte Frau, Anfang 40, nimmt die Nachricht gefaßt auf. Im durchschnittlichen Katalog-Wohnzimmer macht sie Kottan darauf aufmerksam, daß sie ihm nur von den Lippen ablesen kann. Sie ist vor Jahren bei einer mißglückten Straßenbausprengung von einem Gesteinsbrocken getroffen worden, der ihr das Kiefer zerschmettert hat. Der gleichzeitig aufgetretene Gehörverlust war irreparabel.

Frau Slucik ersucht Kottan, langsam zu sprechen. Kottan versucht es mit Zeichensprache. Die kann er tadellos. Er ist schon vier Jahre Mitglied eines Gehörlosenvereins. Frau Slucik spricht lieber. Die Zeichensprache beherrscht sie noch nicht besonders.

Der Major erfährt, daß ihr Mann früher in einem städtischen Hallenbad Bademeister war. Den Arbeitsplatz hat er aber vor einiger Zeit verloren.

»Kennen Sie den Herrn Melbinger?« sagt Kottan jäh. Er sitzt bereits auf dem zweisitzigen Fauteuil; mit dem Rücken zur Loggia und den Fenstern. Frau Slucik sitzt ihm gegenüber und trinkt in kleinen Schlucken Marillenschnaps aus einem beschlagenen Glas.

»Kaum«, sagt sie. Von den Tischtennis-Ambitionen ihres Mannes hat sie nicht viel gehalten, weil die ohnehin im nächsten Wirtshaus bei mindestens fünf Bier geendet haben.

»Wovon haben Sie und Ihr Mann gelebt?«

»Ich habe nach dem Unfall von der Versicherung und der öffentlichen Hand auf Grund der Gehörlosigkeit ordentliche Summen erhalten. Die reichen.«

»Hat Ihr Mann Feinde gehabt?«

»Ich kenne keine.«

»Wissen Sie wenigstens über seine Bekannten Bescheid?«

»Halbwegs.«

»Stellen Sie mir eine Liste zusammen?« fragt Kottan, während er sich umdreht und zum Brigitta-Kirchturm blickt. Die Glocke schlägt neunmal. Kottan bricht jetzt rasch auf.

Der Dezernatsleiter ist in der Nacht nicht weitergekommen. Er ist sich nicht sicher, ob Melbinger nur den stummen Fisch spielt oder wirklich nichts über die Herkunft der Tatwaffe weiß. Fingerabdrücke sind, wie erwartet, auf der Waffe nicht zu finden.

Kottan erfährt von der Verwaltung der öffentlichen Bäder, daß Slucik seinerzeit nicht gekündigt wurde. Er hat selbst gekündigt; offenbar, nachdem seine Frau das Geld von der Versicherung bekommen hat. Slucik war auch als regelmäßiger Spieler im Casino bekannt.

Der Major macht einen zweiten, kurzen Besuch bei der Witwe. Von der Selbstkündigung habe sie gewußt, nur nichts gesagt, weil sie ihren toten Mann nicht schlechtmachen wollte. Die Spielleidenschaft habe sie nur widerwillig unterstützt.

Pilch lärmt kurz vor Mittag ins Büro des Dezernats, will den Stand der Ermittlungen wissen.

»Wir kommen voran«, sagt Kottan; wie immer.

»Heute ist Dienstag«, jammert Pilch los. »Morgen ist Mittwoch, übermorgen Donnerstag. Die Woche ist praktisch um und kein Täter in Sicht!«

Die Namensliste der Frau Slucik hat Kottan bei seinem zweiten Auftritt bekommen. Die genannten Adressen wird Schrammel abklappern müssen.

Kottan fährt mit Schremser, der bereits mehrmals auf *sichere* Roulette-Systeme hereingefallen ist, ins Casino. Beim Empfang wird Kottan mit seinem bewährten Adolf-*Jerry*-Cotton-Ausweis, einem Scherzartikel mit Foto, anstandslos eingelassen. Schremser wird wie ein alter Bekannter begrüßt.

Nach wenigen Fragen weiß Kottan, daß Slucik vorgestern mit Hubert Reininger, einem erst 30jährigen Dauerspieler, ziemlich hoch gespielt hat. Ob Slucik hoch gewonnen oder verloren hat, will niemand wissen.

Kottan lotst Reininger vom Black-Jack-Tisch zur Bar. Reininger behauptet, öfter eine Art Spielgemeinschaft mit Slucik eingegangen zu sein. Am Sonntag hätten sie übrigens ausgiebig verloren.

Schremser versetzt sich beim Gehen im Stiegenhaus zwei schallende Ohrfeigen. Er hat 1500 Schilling verloren. Ruckzuck.

Auch am nächsten Morgen ist man im Sicherheitsbüro nicht viel weiter. Melbinger gibt weiterhin nichts zu. Kottan kann sich nicht vorstellen, daß Reininger, ein Bankbediensteter, seinen Casinopartner in der Tischtennishalle erschossen und beraubt haben könnte. Das hätte der, wenn schon, am Sonntag nach dem Casinobesuch erledigen können.

Schrammel hat nach wie vor Melbinger in Verdacht. Er konstruiert sich eine *Love-Story* zwischen Melbinger und Frau Slucik. Die Ausrede auf den großen Unbekannten findet Schrammel bloß lächerlich. Warum die beiden aber dann die Waffe in der Garderobe gelassen hätten, kann Schrammel nicht beantworten.

»Die Namenliste hat einen Schmarren gebracht«, sagt er, um das betretene Schweigen zu brechen. »Außer, daß dieser Reininger auch auf der Liste steht.«

»Doch!« schreit Kottan und springt auf. Sein Sessel kippt nach hinten um. »Den Täter.«

Heribert Pilch erwacht aus seinem grollenden Standschlaf. Er scharrt mit den Beinen und blickt Kottan aus großen Eulenaugen an.

»Ich besorge den Haftbefehl«, verkündet er. »Für wen?«

Der Dezernatsleiter und Schrammel kapieren nicht, was die Liste der Frau Slucik beweisen könnte.

»Haben wir was übersehen?« fragt Schremser.

»Nur ich«, sagt Kottan.

Wen will Kottan verhaften lassen? Wie kommt er mit der Namenliste an den Täter?[49]

12

Ist die Geschichte aus?
Thornton Wilder

Samstag. Auf der Besucherterrasse des Flughafens stehen Major Kern, Adolf Kottan und Birker. Trotz der niederen Temperaturen schwitzt Kern und fächert sich mit seinem breiten Hut Luft zu.

»Zuerst willst du dich auf mich verlassen und dann kommst erst persönlich?«

»Weil Pedanten bei jedem Schritt dabei sein wollen«, sagt Kottan.

»Du bist keiner und als Leibwächter nur Kugelfang.«

»So nah komm ich dem Klinger gar nicht. Immerhin verhilft er heute mir und ihm zu einem Sitzplatz in der Oper. *Wilhelm Tell.*«

Kerns Mundwinkel zucken. Daß man *Wilhelm Tell* auch singen kann, hat er noch nie gehört. Immerhin fällt Kern das naheliegende Sprachspiel *Staatspolizei in der Staatsoper* ein. Er behält es jedoch für sich.

»Da kommt er«, sagt Birker. Von Süden her senkt sich die erste von drei Sondermaschinen der Landepiste entgegen.

Der erste Besuchstag verläuft fast ohne Zwischenfall. Nur in der Oper werden aus einer Loge Flugblätter gegen die amerikanische Außenpolitik geworfen. Die Flugblattwerfer werden von erbosten Opernbesuchern verprügelt. Der erste Besuch beim Bundeskanzler und der Empfang beim Bundespräsidenten bleibt ohne Störung.

Der zweite Besuchstag ist am Vormittag dem Sightseeing gewidmet. Das Studieren des Zeitplans macht Kottan schon blind. Gegen neun wird Schremser und ihm der angeforderte Hubschrauber bewilligt. Wenigstens lassen sich so die Routen einmal aus anderen Blickwinkeln kontrollieren. Bevor Klinger gegen Mittag ins Hotel zurückkehrt, wird er auf eigenen, von der Presse bewitzelten Wunsch noch einen Blick auf das Strauß-Denkmal im Stadtpark werfen.

Schremser, der die Strecken zweimal abfliegen läßt, will zum Standort zurück. Kottan wünscht sich noch eine Schleife über den Park. Die beiden Beamten bemerken fast zugleich, daß der steinerne Komponist etwas auf dem Kopf hat: für einen Taubendreck zu groß, für einen Hut zu klein. Schremser läßt per Funk einen Spezialisten bestellen.

Schrammel ist wieder einmal schneller als jeder Spezialist. Er steht schon auf einer Leiter neben dem Denkmal, als Birker, der von Entschärfungen wirklich was versteht, im Stadtpark eintrifft.

»Was machst du da?« schreit Birker auf den letzten Metern.

Schrammel, der die mit Leukoplast angeklebte Dose gelöst hat, erschrickt und schleudert sie in den nahen Ententeich.

»Auch eine Möglichkeit«, brummt Birker.[50]

Epilog (eins)

Du bist wieder eingeschlafen. Vor ein paar Minuten habe ich dich geweckt, und du hast mich überhaupt nicht bemerkt.

Manuel Puig

Adolf Kottan ist heute der erste im Büro. An seinem Schreibtisch widmet er sich der dritten *Casablanca* und der ab heute offiziellen Kriminalstatistik des ersten Halbjahres. Die Statistik wird von Präsident Pilch wie immer als Triumph ausgelegt. Heribert Pilch wird sich ab sofort bei jeder Gelegenheit mit der erstaunlichen Senkung der Verbrechensquote um fast drei Prozent schmücken. In Wirklichkeit liegt dieser *Erfolg* nur daran, daß sich die Polizei um sogenannte *Bagatellen* wegen des Personalmangels gar nicht mehr kümmern konnte. In die aktuelle Statistik sind aber die *Bagatellen* erst gar nicht mehr aufgenommen worden.

Die *Casablanca* wird im Kärntner Aschenbecher (mit hinten und vorne verstümmeltem Lindwurm) ermordet, bevor der Filter zu glimmen beginnt. Der Major schaut in den letzten, von Schrammel verfaßten, von Pilch allerdings zurückgewiesenen Bericht. Der Präsident hat wie ein wütender Deutschlehrer dicke, rote Korrekturen in das Manuskript gemalt, auf eine Note hat er verzichtet.

Kurz vor neun taucht Schrammel mit einem Becher Automatenkakao und einem Telegramm auf. Die telegraphische Nachricht ist an Kottan persönlich adressiert. Kottan haßt persönliche Post. »Du kannst es aufmachen und vorlesen«, sagt er und nimmt Schrammel den lauwarmen Becher ab.

»Und wenn das Telegramm von einer Freundin ist?« gibt Schrammel zu bedenken. Sein Haarfett glitzert auch noch über der Nasenwurzel.

»Hab doch keine«, sagt Kottan und zieht ein paar unschuldige Falten.

»Der Mike Hammer bekommt ständig parfümierte Briefe«, behauptet Schrammel, der an dem Telegramm schnuppert, das höchstens nach den Nikotinfingern des Briefträgers riecht. »Soll ich wirklich vorlesen?«

»Sowieso. Bei den schwierigen Worten helfe ich dir.«

Schrammel setzt sofort den zu erwartenden beleidigten

Blick und seine schmale Brille auf. »Sehr geehrter Herr Kottan. Ich benötige in einem heiklen Fall Ihren Rat. Bitte rufen Sie mich umgehend an. Telefon: 93 98 93. Mit herzlichem Dank im voraus, Hubert Fichtl.« Schrammel legt das Telegramm auf die grüne Schreibtischunterlage und läßt den Umschlag in den Papierkorb segeln. »Anscheinend kein Liebesbrief. Kennen Sie den Herrn?«

»Nein«, knurrt Kottan, »aber ich werde ihn kennenlernen. Und du vergißt umgehend das Telegramm.«

»Warum?«

»Warum nicht?«

Soll der Major Schrammel daran erinnern, daß er sonst auch genug vergißt?

Kottan trifft um 18 Uhr 10 den mutmaßlichen Absender des Telegramms in einem italienischen Lokal, das *Aperto* heißt. An den gekachelten Wänden hängen verstaubte Netze, Korbflaschen und Plastikkrebse. Hubert Fichtl ist fett und nicht ganz 50. Er schwitzt, versucht aber den Gelassenen zu spielen.

»Ich kenn Sie aus der Zeitung«, sagt er.

»In welchem Zusammenhang?«

»Ist schon ein paar Wochen her. Ihr Name ist da anläßlich einer Baby-Entführung genannt worden.«

»Um was geht es bei Ihnen?« sagt Kottan. Die Formulierung *anläßlich einer Baby-Entführung* blinkt unbestellt in seinem Kopf.

»Ebenfalls um Entführung«, verkündet Fichtl und holt tief Luft, »um eine Entführung, die noch nicht publik ist.«

»Wer ist entführt worden?«

»Ein Kind. Ein 12jähriges Mädchen. Martina.«

»Ihre Tochter?«

»Nein. Die Tochter einer Bekannten von mir: Frau Kirchbauer. Sie wird erpreßt. An mich hat sie sich jetzt gewendet, weil ihr Mann vor zwei Jahren gestorben ist.«

»Und?«

»Sie will zahlen«, flüstert Fichtl, »und die Polizei aus der Sache unbedingt heraushalten!«

Die Kellnerin in italienischer Aufmachung, die hier schon serviert hat, als das Lokal noch ein argentinisches Steak-Haus war, stellt Kottan ein Bier auf einen geknickten Dekkel. Der Major trinkt das Krügel halb leer, der Bierschaum bleibt für eine halbe Minute an seiner Oberlippe.

»Was wollen Sie dann von mir?«

Fichtl wetzt auf dem knarrenden Stuhl hin und her. »Naja, ich habe die Übergabe der verlangten Summe telefonisch für morgen vereinbart, ich habe die verlangte Tasche besorgt, in die das Lösegeld gepackt werden soll, und mir ist jetzt schon der Übergabeort bekannt.«

»Und?« sagt Kottan noch einmal.

»Sie könnten vielleicht, zurückhaltend, versteht sich, die Tasche im Auge behalten.«

»Warum soll ich mich auf das Scheißspiel einlassen? Wird das eine offizielle Anzeige?«

»Auf keinen Fall. Ein größeres Polizeiaufgebot schreckt aber den oder die Entführer garantiert ab. Ist es nicht besser, ein Polizist ist dabei als gar keiner?«

»Möglich. Warum ich?«

»Sie sind für nicht ganz gängige Methoden bekannt.«

Falls der Fremde ein geehrtes Grinsen erwartet hat, wird er enttäuscht. Kottan trinkt das Bier aus und gibt der Kellnerin Zeichen für ein zweites.

»Wo soll die Übergabe stattfinden?«

»Auf der kleinen Stadtparkbrücke.«

»Sollen Sie die Tasche ins Wasser schmeißen?«

»Ins Gebüsch.«

Kottan ist schon entschlossen, sich morgen ein paar Stunden frei zu nehmen, obwohl er erfahren muß, daß Fichtl mit der entführten Martina am Telefon nicht einmal gesprochen hat. Die Möglichkeit, das Mädchen könnte bereits tot sein, erwähnt der Major lieber nicht.

Fichtl lenkt seinen *BMW 628* mit dünnen Handschuhen, Kottan sitzt angegurtet auf dem Beifahrersitz. Fichtl hat das Geld in einer Filiale der *Länderbank* auf dem Rennweg behoben. Die vom Entführer vorgeschriebene Tasche ist eine Schultasche: ein nicht mehr ganz aktuelles Modell mit aufgenähtem *Alf.* Fichtl hält seinen Wagen auf dem Heumarkt gegenüber einem japanischen Restaurant an. Der Motor stirbt ihm ab. Fichtl zittert und wirkt überfordert, als er endlich die auffällige Tasche aus dem Kofferraum holt und in den Park geht. Kottan bleibt im Wagen. In den nächsten Sekunden bemerkt er, daß der Stadtpark offenbar von mehreren Polizisten in Zivil observiert wird. An einen Zufall kann er nicht glauben. Fichtl kommt nach drei Minuten mit schnellen, kurzen Schritten zurück. »Sind Sie die Tasche losgeworden?« fragt Kottan durchs elektrisch gesenkte Fenster.

»Ja. Alles in Ordnung.« Fichtl scheint das Polizeiaufgebot nicht gesehen zu haben, zwängt sich hinter das Lenkrad und startet. Kottan steigt noch immer nicht aus. »Wollen Sie den Übergabeort nicht mehr beobachten?«

»Wozu?«

»Weil wir das ausgemacht haben.«

»Ist schon genug Polizei da.«

Im Park sind insgesamt 30 Polizisten unter Pilchs Kommando versammelt. Schrammel hat als Fleißaufgabe im *Aperto* vom Nebenzimmer aus mitgehört und beim Präsidenten die Worte nicht halten können. Pilch ist als Straßenkehrer verkleidet: leuchtend orange. Den unvermeidlichen Besen hält er wie einen großen Kugelschreiber. In den Augen des Präsidenten glüht kleinliche Hoffnung: Die zu erwartende Verhaftung des Entführers, der *sein* Geld holen will, wird das schwelende Disziplinarverfahren gegen

Kottan entschieden vereinfachen und beschleunigen. Die Eigenmächtigkeiten des Majors müssen ein endgültiges Ende finden.

Die Beamten im kalten Park sind an sich bestens ausgerüstet. Pilch flüstert fortwährend Anweisungen in sein ausgeschaltetes Sprechfunkgerät. Schrammel umschleicht als japanischer Fototourist das Johann-Strauß-Denkmal. Ein nicht informierter Uniformierter schlägt erheblichen Lärm, weil die Kriminalbeamten nicht aus dem Rasen steigen wollen.

Nach 19 durchwachten Stunden, im Morgengrauen, spricht Pilch endlich die Vermutung aus, die alle anderen längst bestätigt wissen: »Der Entführer hat möglicherweise was gemerkt und kommt anscheinend nicht mehr.« Der Präsident bricht die Aktion ab. Im letzten Moment fällt ihm ein, daß man die Tasche mit dem Geld möglicherweise doch nicht im Park zurücklassen sollte.

Stunden später reagiert Kottan im Sicherheitsbüro auf die lauten Vorhaltungen kaum. Der Major dreht den Spieß, als seine Geduldsschwelle überschritten ist, sogar um: Der Präsident habe durch sein maßloses Aufgebot nur das entführte Mädchen gefährdet.

Den zweiten Übergabeversuch kann Kottan geheimhalten. Fichtl macht sich dieses Mal mit Frau Kirchbauer auf den Weg. Kottan wartet bereits auf dem angegebenen Platz in der Lobau und beobachtet gegen die tiefe Morgensonne, wie Fichtl die Tasche eine Böschung hinunterkollern läßt. Gleich darauf wird Kottan von zwei Ordnungskräften mit Armbinden erwischt, die den reibungslosen Ablauf der Wiener Meisterschaft im Orientierungslauf garantieren sollen. Der größere faucht Kottan an. »Das ist Sperrgebiet!«

»Der erste österreichische Atombombenversuch?«

»Nicht mit uns diskutieren, *reiß ab.*«[51]

»Ich will nicht.«

Im Gesicht des schweigenden Ordners flackert Wut. Der gesprächige Mann will einen Ausweis sehen. Kottan weiß, daß in seiner Lederjacke nur Sonnenbrillen, Zigaretten und Wachszünder sind. »Ich bin von der Polizei«, sagt Kottan und kann die nächste Aktion der Privatpolizisten schon riechen.

Er hat sich nicht geirrt. Der schweigsame Polizist dreht ihm den rechten Arm auf den Rücken und findet doch noch vier Worte: »Her mit dem Ausweis.«

»Ich weiß, wer ich bin.«

Diese Auskunft finden die zwei Aufpasser überhaupt nicht zufriedenstellend und drängen Kottan ab. Die Polizeimarke, die Kottan nach 20 Minuten aus dem Handschuhfach des *Skoda* kramen darf, läßt die Privatpolizei mit beschwichtigenden Gesten abziehen. Kottan kehrt auf seinen Standplatz zurück. Die Tasche liegt noch da. Ist sie vorher nicht ein paar Meter weiter rechts gelegen?

An die 250 Orientierungsläufer treiben durchs Gelände. Einer stolpert über die Tasche, weil seine Nase in einem Plan steckt. Kottan vermutet längst, daß der Entführer wieder nicht auftauchen wird. Zudem ist er sich sowieso nicht sicher, ob das Geld noch in der Tasche ist. Der Zwischenfall mit den Ordnern läßt die Befürchtungen wuchern. Kottan gibt immerhin schon nach fünf Stunden auf. In der *Alf*-Tasche findet er, was er nicht finden will: Steine, Laub, Papier. Anscheinend hat einer der keuchenden Sportler das kleine Vermögen adoptiert.

Pilch ist wieder obenauf, weil offensichtlich auch Kottan gepatzt hat. Die Chance, unter den Läufern, die namentlich erfaßt sind, den glücklichen Finder zu finden, hält nicht nur der Präsident für minimal. Der Erkennungsdienst findet auf der Tasche auschließlich Fingerabdrücke von Fichtl und Kottan.

»Vielleicht«, hofft Kottan, der den Präsidenten durch eine dichte *Casablanca*-Wolke anredet, »hat der richtige

Was macht der müde Kriminalist, wenn sein Latein am Ende ist? Er macht weiter wie ein Kranker und raucht eine Casa-blanca.
Casablanca

Entführer meine kurze Abwesenheit benützt und die Tasche geleert.

»Unwahrscheinlich«, urteilt Pilch, nimmt Kottan die Zigarette weg und wirft sie in die präsidiale Waschmuschel. »Warum hätte er dann nicht gleich die ganze Tasche mitgenommen?«

Kottan zuckt mit den Achseln. Große Hoffnungen macht er sich wirklich nicht. Als der Tiefpunkt der Stimmung erreicht ist, kommt Fichtl mit der nicht mehr erwarteten, erfreulichen Nachricht an: Martina ist unversehrt zurück. Über ihre Entführung und ihr provisorisches Gefängnis kann sie keine brauchbaren Angaben machen. Der Präsident ist erleichtert.

Kottan drückt Fichtl plötzlich gegen die mit Stoff tapezierte Wand.

»Nehmen wir jetzt den Entführer fest?« fragt Kottan.

Der Präsident macht große Augen und schmale Lippen. »Wen denn festnehmen?«

»Den Herrn Fichtl.«

»Sie sind ein Trottel«, grinst Fichtl. »Wer hat Sie überhaupt eingeweiht?«

»Sie. Um selber unverdächtiger zu wirken.«

Fichtl wird lauter und verbessert *Trottel* auf *blödes Schwein*.

»Von Anfang an haben Sie zwei gleiche Taschen im Kofferraum gehabt. Sie haben die Tasche ohne Geld in der Lobau ausgesetzt, weil Sie gewußt haben, daß mich die Sportveranstaltung ablenken wird. Keiner, haben Sie angenommen, wird draufkommen, daß das Geld nie in der von mir beobachteten Tasche war.«

»Unsinn«, unterbricht Pilch. »Er hat doch vorgestern im Stadtpark die richtige Tasche deponiert.«

»Weil ihm unser unauffälliges Aufgebot auch nicht entgangen ist«, sagt Kottan. »Vermutlich wird der Erkennungsdienst feststellen, daß das Laub und die Steine in der heutigen Tasche nicht aus der Lobau sind.«

»Ist das nicht egal?« sagt Pilch.

Fichtl bemüht sich schon wieder um Gelassenheit.

»Das bedeutet, das ganze Zeug war schon vorher in der Tasche.«

»Und was bedeutet das?«

»Der Tausch Geld gegen Müll hat nicht in der Lobau stattgefunden.«

»Na und? Was beweist das, Kottan? Der Entführer, der sich unter die Sportler gemischt hat, wird doch in einer halben Stunde zwei Taschen austauschen können!«

»Die hat er nicht gebraucht.« Kottan bleibt stur. »Ich würde den Herrn Fichtl verhaften.«

»Weil Sie mich blamieren wollen?«

»Weil der was für Ihre Statistik ist.«

Der Präsident ringt sich für Sekunden zu einem freundlichen Gesicht durch. »Sind Sie sicher, Kottan?«

»Absolut. Wenn der wertlose Krempel von Anfang an in der Tasche war und keinesfalls vom angeblichen Übergabeort stammen, beweisen die Fingerabdrücke Fichtls, daß er die Tasche mit dem Lösegeld im *BMW* gelassen und für sich behalten hat.«

Pilch nickt. Er versteht zwar kein Wort, aber in Anbetracht der Auswirkungen auf die Erfolgsstatistik kann er nicht umhin, die Verhaftung auszusprechen und Kottan mit der feisten Hand auf den Rücken zu klatschen.

Epilog (zwei)

Der Text bricht ab, und ruhig rotten
die Antworten fort.
Hans Magnus Enzensberger

Heribert Pilch ist mit sich und der Wiener Welt doch wieder einmal im Einklang. Nicht nur, daß der Minister unversehrt wieder abfliegen konnte, auch der Doppelmord konnte ja zügig aufgeklärt werden. Daß ein Richter suspendiert und vermutlich angeklagt werden muß, ist bedauerlich, aber polizeilich betrachtet das kleinste Übel. Immerhin dürfte kein Polizist verwickelt sein. Das Wirken der Kripo steht in allen Medien über dem der Stapo. Wie es zu den erfreulichen Ergebnissen kommen konnte, interessiert das statistische Gehirn nicht im geringsten.

Alfred Schrammel beschränkt sich zumindest am Sonntag auf seine literarische Fleißaufgaben im eigenen Wohnzimmer. Immerhin kennt er schon den Satz, mit dem das *Tal der Püppchen* enden wird: Und nebeneinander betraten sie die Kirche bei brausenden Orgelklängen.

Der Fischer Paul Schremser läßt sich ein anderes Plätzchen an der Alten Donau empfehlen. Auch dort bleibt der Fang unbedeutend, aber Überraschungen von oben sind ausgeschlossen.

Adolf Kottan verbringt den Sonntag allein im Hotelbett. Nicht, um im gemeinschaftlichen Dienst glänzen zu können, bei der unumgänglichen Scheidungsverhandlung am Montag will er wenigstens einen ausgeschlafenen Eindruck machen.[54, 55, 56]

Anmerkungen

1 Schon mit dem ersten Satz ist das *Rätsel für Experten* eröffnet. Wenn Sie wissen, von welchem Autor dieser Satz wirklich stammt, haben Sie den ersten Teil des Rätsels schon gelöst. Die zweite Frage und Näheres darüber, was Sie gewinnen können, erfahren Sie in Anmerkung 4.

2 Hier finden Sie endlich eine neue Rätselrubrik: das *Rätsel für Fernseher.* Der Satz stammt wirklich aus einer Fernsehsendung. Aus welcher? Wenn Sie die Antwort kennen oder ahnen, schreiben Sie bitte an den Verlag: Dreyhausenstraße 42, A-1140 Wien. Sie erhalten den nächsten Kottan-Roman gratis. Auf Wunsch gibt es statt des Romans auch ein Halbjahres-Abo des *Österreichischen Bundesgesetzblatts.*

3 Falls Sie den Roman *Alle Morde vorbehalten* noch nicht gelesen haben oder aus prinzipiellen Gründen nicht lesen wollen: Paul Schremsers jüngste Bekanntschaft heißt Edith Ehrenreich. Schrammel ist der eher unfreiwillige Stifter dieser Beziehung. Im vorliegenden Roman spielt Frau Ehrenreich keine Rolle, weil sich der Dezernatsleiter zunächst doch fürs Fischen entscheidet und nachher (zumindest vorübergehend) keine Zeit für Edith Ehrenreich hat.

4 Wissen Sie, welcher Weise das geschrieben hat? Wenn ja, stehen Sie schon auf der Liste der Preisträger des

Rätsels für Experten. Nennen Sie auf einer Karte dem Verlag oder dem Autor (Dreyhausenstraße 42, A-1140 Wien) den Namen des Weisen; und den Autor aus Anmerkung 1. Erster Preis: ein einwöchiger Wien-Aufenthalt im Hotel *Adlon* (Kottans Lieblingshotel). Zweiter bis letzter Preis: eine Kottan-Geschichte.

5 Wieso Alfred Schrammel auf einer Privatfahrt der Führerschein entzogen wurde, steht in *Kottan ermittelt – Alle Morde vorbehalten.*

6 *Deckel*, der – Prostituiertenausweis; früher auch gängige Bezeichnung für Gendarm.

7 *Hier spricht zum ersten und letzten Mal (zumindest in diesem Buch) die Stimme der Vernunft und der Kritik. Die plumpe Methode, für den Traum Kottan einfach als Ich-Erzähler auftreten zu lassen, kann den langjährigen Beobachter nicht mehr verwundern und nicht erschüttern. SIE sind, was sich nicht mehr verhindern läßt, entgegen meiner Warnungen in dieses Buch geraten, ich rate Ihnen zum letzten Mal: Verlassen Sie das längst gesunkene Schiff.*[8] Ich werde auch in diesem Machwerk nicht schweigen! Die beste Methode: Ich lasse den Autor gar nicht mehr zu Wort kommen. Was will er dagegen machen? Er kann mir ja nicht das Wort absc . . .

8 *Damit Sie nicht glauben, ich hätte Vorurteile gegen Krimis, darf ich Ihnen eine Liste von durchaus empfehlenswerten, gediegenen Krimis empfehlen:*
1. Stanley Ellin – Jack the Ripper und van Gogh
2. Martha Grimes – Inspektor Juri schläft außer Haus
3. James Melville – Tod eines Daimyo
4. Hans Werner Kettenbach – Glatteis

5. Sam Jaun – Die Brandnacht
6. Jonathan Valin – Cincinnati Blues
7. John le Carré – Das Rußlandhaus
8. Willi Voss – Asphalt
9. Michael Molsner – Die Eroberung der Villa Hammerschmidt
10. Jürgen Breest – Der Dreckfleck[9]

9 Selbstverständlich handelt es sich ausschließlich um Titel, die ich Ihnen auf keinen Fall ans Herz legen würde! H. Z.

10 Bei der Gelegenheit ein Blick auf die derzeitigen Lieblingsplatten von Adolf Kottan[11]. Nicht nur der flüchtige Blick verrät, daß der Major für die neunziger Jahre musikalisch nicht gewappnet ist:

1. Freakin' At The Freakers Ball – Shel Silverstein
2. Shelter From The Storm (Budokan-Version) – Bob Dylan
3. Unter fremden Sternen – Freddy Quinn
4. I'm Different – Randy Newman
5. I'm The Walrus – The Beatles
6. Not Fade Away – The Rolling Stones
7. Little Sister – Ry Cooder
8. Ruby Baby – Dion
9. Roadhouse Blues – The Doors
10. Trouble – Elvis Presley

11 Unangenehme Dinge erledigt man am besten gleich. Hubert Hainzlmeier (Wien VI) und Helene Badin (Bonn) fragen, ob das Psychogramm des Autors aus *Kottan ermittelt – Geschichte aus dem Wiener Wald* ernst gemeint ist. Es war zumindest ernst gemeint. Aber auch der Autor macht, was vielerorts bezweifelt wird,

Veränderungen durch. Deswegen finden Sie hier die akute Version seines Psychogramms. (Eine Antwort für Helene Badin nebenbei: Sie haben ganz recht, *Geschichte aus dem Wiener Wald* ist der einzige Wiener Roman, in dem der Wiener Wald garantiert nicht vorkommt.)

Psychogramm H. Z.
Geboren: 11.1. 1949 (angeblich kurz nach Mitternacht)
Familienstand: verheiratet, fünf Kinder
Erlernter Beruf: Lehrer
Auto: Opel Corsa, Ford Fiesta, Mitsubishi L 300, Cadillac Seville, Mazda RX7, BMW 628, Fiat UNO[12]
Hobbies: keine Zeit
Lieblingsautor: Paco Ignacio Taibo II
Lieblingskomponist: Bob Dylan, R. C. Bannon
Lieblingssänger: John Lennon
Lieblingsmaler: Blind Sammy Konkolits
Bevorzugte Gegend (Inland): Wien, zwanzigster Bezirk
Bevorzugte Gegend (Ausland): Saragossa
Lieblingsbuch: Zeit der Mörder – Paco Ignacio Taibo II
Lieblingslied: Al Shook Up – Ry Cooder
Lieblingsfilm: Winnie Pu (Teil zwei), Tanz der Vampire, Drowning by Numbers
Bevorzugte Jahreszeit: Sommer
Lieblingspflanze: Hopfen, Kaffee
Lieblingstier: Meerschweinchen, Katze
Lieblingsgeräusch: Wind
Wichtigste Erfindung: Textverarbeitung F & A
Wichtigste Persönlichkeit des Jahrhunderts: Walt Disney oder Wolfgang Neuss oder Helmut Qualtinger
Lieblingsgetränk: Budweiser-Bier
Lieblingsspeise: Beef Tartare
Wenn Sie einen Wunsch frei hätten, was würden Sie sich wünschen: Daß ich drei Wünsche frei hätte; und

dann: 1. Schneller schreiben zu können 2. Nicht geboren zu sein
3. Eine andere Leber
Was verabscheuen Sie am meisten: Feuilletonisten, die Kriminalromane rezensieren, Experten
Interessanteste geschichtliche Epoche: keine
Welche Persönlichkeit der Geschichte wären Sie gerne gewesen: (unverändert) Stan Laurel

12 Sie sehen schon, von positiven Veränderungen kann nicht die Rede sein. Der unmoderne Zug zur Motorisierung ist mehr als ein Tick.

13 Sollten Sie jetzt ratlos den Kopf schütteln, kann das nur zwei Gründe haben. Entweder ist das Ihr erster Kottan-Roman, oder Sie haben ein schlechtes Gedächtnis. Erwin Drballa, 65, Wiener Stadtstreicher, hat die Gabe bzw. das Pech, immer wieder über Leichen zu stolpern, die nicht freiwillig gestorben sind. In diesem Roman kommt er nicht vor. Er besucht seinen Cousin in Ingolstadt. Ob er dort, was seine spezielle Fähigkeit betrifft, auch *erfolgreich* ist, hat sich noch nicht bis Wien durchgesprochen.

14 *Galerie*, die – Unterwelt; *aner aus der Galerie* – Verbrecher.

15 Leutnant Schrammel sollte die vorige Anmerkung studieren.

16 *Weiße*, der – Streifenwagen.

17 Die Firma *Spitz* ist einer der bekanntesten österreichischen Rum-Hersteller. (»Der hat einen Spitz«, ist ein in Wien gebräuchlicher Satz, der mäßig Alkoholisierten gern gewidmet wird, hat aber mit der Firma *Spitz* nachweislich nichts zu tun.)

18 Schrammels Geschichten sind wirklich Schrammels Geschichten. Um unter verschiedenen Namen an einem Literaturwettbewerb für kurze Kriminalgeschichten teilzunehmen, hat Alfred Schrammel in zwei Tagen vier Manuskripte zu Papier gebracht. Doch schon in der Vorauswahl hat die Jury, die mit diesem Wettbewerb einen allerletzten Versuch starten wollte, die deutsche Kriminalgeschichte zu retten, alle Schrammel-Geschichten aussortiert und auf Kosten des Einsenders retourniert. Schrammel hat in diesen Geschichten endgültig auf seinen Londoner Detektiv Freddy Fogg verzichtet und auf Personen zurückgegriffen, die ihm aus seinem dienstlichen Alltag geläufig sind. Mit der Wahrheit hat er es dabei nicht sehr genau genommen. Er lobt seine kriminalistischen Schritte, die in Wirklichkeit andere unternommen haben. In der ersten Geschichte etwa beutet er eine nur mäßig gelungene Geschichte eines anderen Autors aus. Wenn Sie wissen, wen Schrammel da bestohlen hat und wie die Geschichte im Original heißt, schicken Sie Ihr Wissen auf Papier an den Cabal-Verlag.[20] Zu gewinnen gibt es für die ersten drei ein Buch von Helmut Zenker, in dem Alfred Schrammel garantiert nicht vorkommt. Ab dem vierten Platz gibt es nur mehr schriftliche Anerkennung und Nennung im nächsten Kottan-Roman, der *Die wilde Jagd* heißen soll.

19 Siehe Anmerkung 14. Schrammel hat den Ausdruck erst nachträglich eingefügt.

20 Schon das Motto über Schrammels erster Geschichte könnte ein Hinweis auf den gesuchten Autor sein. Die Methode scheint Schrammel allerdings, wie an dem Zitat unschwer zu erkennen ist, noch nicht durchschaut zu haben.[21]

21 *Rätsel für Rätsler.* In welcher Geschichte oder in welchen Geschichten hat Schrammel keinen Fehler gemacht? Die ersten fünf richtigen Einsender erhalten (wie gewohnt) das nächste Kottan-Buch als Preis.

22 *Schmalz*, das – Strafe; *sein Schmalz abbiegen* – seine Strafe absitzen; *sein Schmalz nehmen* – seine Strafe antreten; *zehn Meter Schmalz* – eine Strafe von zehn Monaten.

23 (c) 1982 by Paul Schremser

24 Lapsus von Alfred Schrammel, der Alfred Schrammel bis jetzt nicht aufgefallen ist. Gilt keinesfalls als Lösung beim *Rätsel für Aufmerksame.*[58]

25 Nein und noch einmal nein! Diesen Fehler wollen wir dem Schriftsteller Alfred Schrammel nicht ankreiden. *Als* statt *wie* wird sich in Wien nie durchsetzen.

26 Alles falsch: den *Deutschmeister-Marsch.*

27 Ja! Die Stimme der Kritik muß sich noch einmal in dieses aufreizende Buch drängen. Jetzt hat der Autor auch die letzte Grenze übertreten! Ja, es ist der Blinde unter den Einäugigen, der hier in Ichform schnattern darf: Schrammel ermittelt. Stilistisch dürfte der Ghostwriter von Mickey Spillane Pate gestanden sein. Mir fehlen für diesen kretinösen Realismus längst die Worte.[28] *Wann verlassen Sie endlich diesen gedruckten Holzweg?*

28 Vielleicht wäre angebracht: *Der Hang, Banales auf banale Art zu banalisieren, produziert Banalität.* Dieser schwerstens preisverdächtige Satz ist selbstverständlich nicht H. Z. eingefallen.[29]

29 (c) 1990 by Oscar Bronner, der damit allerdings eine andere Hervorbringung Helmut Zenkers gemeint hat: die TV-Sendung *Tohuwabohu.*

30 *Riß*, der – Coup, Beute, gelungener Schlag.

31 Siehe Anmerkung 25.

32 Auch falsch! Die Wiener Polizei ist, wie auch in diesem Roman nachzulesen ist, längst mit Waffen der Firma *Glock* ausgestattet. Gilt erst recht nicht als Fehler beim *Rätsel für Aufmerksame.*

33 *Wisch*, der – Tuch, Halstuch. Mit *Halswisch* ist Schrammel also ein kleiner Fehler (Pleonasmus[34]) unterlaufen.

34 Der Ausdruck in der Klammer wurde vom Lektorat eingefügt. H. Zenker und A. Schrammel bestätigen, daß sie nicht wissen, was das Wort bedeutet.

35 Der aufmerksame, womöglich dem Gesamtwerk des Autors verschriebene Leser weiß natürlich, woher er die Geschichte schon kennt, und es soll hier auch kein Geheimnis daraus gemacht werden. Sie ist im Geschichtenband *Original Wiener Blut* nachzuschlagen. Dort dürfte sie Alfred Schrammel gefunden und entwendet haben. Aber auch der Kenner wird sich wundern, wie Schrammel die Geschichte zu seiner Beweihräucherung bearbeitet hat.

36 *Kren*, der – Freier.

37 *anzünden* – jemand anzeigen, verraten; auch: *einen Zund oder Zünd geben.*

38 Diese Geschichte des erfolglosen Wettbewerbers trägt an sich den vielversprechenden Titel: Totkäppchen.

39 Unbezahltes Inserat: Heft Nr. 1835 der Reihe *Mein Roman* im Martin Kelter-Verlag, 2000 Hamburg 70.

40 *Wachter*, der – an sich: uniformierter Beamter der Wiener Sicherheitswache; seit den siebziger Jahren im Milieu auch für Kriminalbeamte gebräuchlich.

41 *Rätsel zum Probieren* (ohne Gewinnchance) in drei Teilen. Wissen Sie, wem die zunächst unumstößliche Tatzeit 19 Uhr 20 nützt und wie der Täter das mit dem vorgetäuschten Schuß gemacht hat? Wenn ja: BRAVO!

42 ALS-mäßig auch ein BRAVO an Kottan.

43 Es stimmt. Ende der dritten Geschichte.

44 Noch ein Rätsel ohne Gewinnchance. (Teil zwei.) In welchem Roman von H. Zenker hat es schon einmal ein Treffen in einem Waggon des Wiener Riesenrads gegeben? Nein, in *Kottan ermittelt – Der vierte Mann* nicht. Da war nur das
Riesenrad auf der Titelseite abgebildet. Auflösung in Anmerkung 52.

45 *Alle Morde vorbehalten* hätten Sie zwar besser vor *Lonely Boys* gelesen, aber wenn Sie es noch nicht gelesen haben, können Sie die Verhinderung der Blamage und die Lebensrettung auf Seite 144 nachschlagen.

46 Bevor Sie sich über die tendenziöse Darstellung von Schrammels Talenten wundern: von Kottan durchgesehene, korrigierte und verbesserte Ausgabe.

47 Na eben!

48 Da hat sich Erwin Drballa über den Umweg von *Schrammels Geschichten* doch noch eingeschlichen. Was er in Ingolstadt getrieben hat, wird aber erst in *Kottan ermittelt – Die wilde Jagd* verraten.

49 Teil drei. Falls Sie eine Antwort parat haben, dürfen Sie in Anmerkung 53 nachschauen, ob Sie recht gehabt haben. Muß man schon wieder gratulieren?

50 Die kleine Dose wäre, wie sich mit etwas Verspätung herausstellt, explosiv genug gewesen. Die Bombe sollte über Funk gezündet werden. Klinger verläßt, nachdem ihm die Sicherstellung der Bombe mitgeteilt wurde, das Hotel bis zum Abflug nicht mehr. Der Aufsteller und potentielle Funker ist nicht zu fassen.

51 Nein, das ist kein Druckfehler. *Reiß ab* läßt sich ohne Weiteres mit dem falschen Imperativ *Verschwinde* übersetzen.
(Nicht zu verwechseln mit dem auch recht gebräuchlichen *abereiß'n*: onanieren.)

52 Im Kriminalroman *Minni Mann*, Seite 38.

53 Die Namenliste hat sich Kottan von der Witwe erbeten, als er aus dem Fenster geschaut hat. Wenn sie wirklich nur von den Lippen lesen könnte, hätte der Wunsch ungehört bleiben müssen.

54 *Und noch einmal kann und muß sich die Stimme der Vernunft durchsetzen. Wollen Sie sich das wirklich gefal-*

len lassen? Die zerhackte Geschichte ist zwar zu Ende gebracht, aber was wissen wir jetzt? Wer, ich meine, welche Organisation trachtete Bob Klinger nach dem Leben? Was hat die gefaßten und nicht gefaßten Täter getrieben. Darf man mit Terroristen schreibend so leichtfertig umgehen?[55, 57] *Müssen wir uns alles selbst zusammenreimen?*[55]

55 Na sicher.

56 Major Kottan kommt wieder. Im Frühjahr 1991: im Cabal-Roman KOTTAN ERMITTELT – DIE WILDE JAGD. Bis gleich.[57]

57 *Sicher nicht.*

58 *Rätsel für Aufmerksame.* Selbstverständlich ist dem Autor auch in diesem Buch ein grober Fehler unterlaufen. Wenn Sie ihn finden und das Originalmanuskript gewinnen wollen, melden Sie sich bald.

59

Der Autor

Helmut Zenker, am 11. 1. 1949 in St. Valentin/Niederösterreich geboren. Lastwagenfahrer, Filmvorführer, Briefträger und provisorischer Lehrer. Seit 1973 freier Schriftsteller, lebt derzeit in Wien und Klosterneuburg. Wichtigste Bücher: *Wer hier die Fremden sind*, Roman, 1973; *Kassbach*, Roman, 1974; *Der Drache Martin*, Kinderroman, 1977; *Das Froschfest*, Roman, 1977; *Die Entfernung des Hausmeisters*, Geschichten, 1978; *Kottan ermittelt*, ein Lesebuch, 1982; *Hinterland*, Roman, 1988. Drehbücher: *Kottan ermittelt*, Fernsehserie 1976 – 1983; *Santa Lucia*, Fernsehfilm, 1978; *Kassbach*, Kinofilm, 1978; Schwitzkasten, Kinofilm, 1978; *Match*, Fernsehfilm, 1979; *Den Tüchtigen gehört die Welt*, Kinofilm 1981; *Der vierte Mann*, Fernsehserie 1989; *Playback*, Fernsehfilm, 1989; *Tohuwabohu*, ein TV-Chaotikum, 1990. Theaterstück: *Wahnsinnig glücklich*, 1976.

Gleichzeitig erschienene Bücher im Cabal-Verlag

Kottan ermittelt – Alle Morde vorbehalten, Roman
Spottbuch
Nichts geht mehr, Kriminalstories mit Rummy Blach
Wer hier die Fremden sind, Roman

Lieferbare Bücher aus anderen Verlagen

Kassbach, Roman, Serie Piper 944
Kottan ermittelt – Der vierte Mann, Roman, Serie Piper Spannung 5538
Kottan ermittelt – Geschichte aus dem Wiener Wald, Roman, Serie Piper Spannung 5540
Hinterland, Roman, Europaverlag
Minni Mann, Kriminalroman, Europaverlag
Kleine Mann – was nun?, Kriminalroman, Europaverlag
Die Mann im Mond, Kriminalroman, Europaverlag
Die Mann ist tot und läßt Sie grüßen, Kriminalroman, Europaverlag